あいレコ!

遠藤まり

Mari Endo

講談社

あいレコ！

遠藤まり

もくじ

プロローグ

人気声優《にんきせいゆう》の覚悟《カクゴ》

あめんぼ、あかいな、あいうえお。
そう声に出して言っているはずなのに、声が出ない。
あめんぼ、あかいな、あいうえお！
もう一度、試《ため》しても、やっぱり声は出てこない。
そんな、うそだろ……？
体が震《ふる》え、目の前がまっ暗になる。
自分は声優《せいゆう》。
声優《せいゆう》にとって、声は仕事道具……ちがう、命そのもの。
声が出なければ、仕事ができない——代役、いや、声優交代《せいゆうこうたい》。
オーディションを受け、つかみ取ってきた役をライバルたちに取られてしまう。

(そんなのゼッタイにイヤだ！　だれになんと言われても、勝ち取った自分の役は守る！)

両手を強くにぎりしめ、声優《せいゆう》・大西悠《おおにしゆう》——ユウは鏡《かがみ》に映《うつ》る涙目《なみだめ》の自分をにらんだ。

第一話

ドキドキ影《かげ》武《む》者《しゃ》活《かつ》動《どう》、はじめます！

『声まねアイアイ：大西《おおにし》ユウの声まねやってみた。第八回　再生数《さいせいすう》：一万五百三回』

下校とちゅう。

スマホの電源《でんげん》を入れ、あたしは飛《と》びこんできた数字に目を疑《うたが》い、さけんだ。

「どぇえええええええっ、一万回ぃぃぃ〜〜〜〜〜っ!?」

大声にまわりの人たちがギョッとして、近くを歩くクラスメイトが笑《わら》う。

「ちょっと、いきなりヘンな声あげないでよ。」

「そうよ、東山《ひがしやま》さんの声って低《ひく》くて、オッサンみたいで超《ちょう》びっくりするんだから。」

ヘンな声、オッサンみたいな声……あたしの声って、そんなにヘン？

白色のスマホをしまって「ごめん！」と、ペコペコ謝《あやま》っていると。

「どうしたの、アイ？　早く帰ろう。今日は『ミラ★カラ』の配信日《はいしんび》なんだから！」

クラスメイトで親友の望月心春《もちづきこはる》——ハルルが明るく声をかけてくれた。

小学三年生のときにマンガやアニメの話で意気投合したハルルは、まじめでおっとりした性格《せいかく》だけど、好《す》きなものを語るときは目をキラキラ輝《かがや》かせて、かわいいんだ。

「先週は恋《こい》の三角関係《さんかくかんけい》の修羅場《しゅらば》がはじまるってトコで終わっちゃって、続《つづ》きが気になってしかたないんだよね！　アイはやっぱり大西ユウがやってるユエル派《は》？」

「うん、ユウのイケボと無邪気《むじゃき》な演技《えんぎ》……そのギャップに胸《むね》がキュンとするの！」

ハルルと好《す》きな声優《せいゆう》さんの話をはじめたら、元気がわいてきた。

声優《せいゆう》さんとは、声でおしばいをする俳優《はいゆう》さんのこと。

大西ユウはクールでハスキーで、カッコいいイケボ——イケメンボイスの持ち主。

でもときどき、高めの声を出して、かわいい男子キャラを演《えん》じたりもする、あたしが今、一番推《お》している、あこがれの男性声優《だんせいせいゆう》さん……なんだけど。

「でもユウって、出るのが決まってたイベントをいくつもキャンセルしたんでしょ？　SNSの更新《こうしん》もしなくなって、ネット上でちょっとしたさわぎになってるよね？」

「うん。引退《いんたい》とか死んだとかいろいろ言われて……ファンとしては、読んでてつらいよ。」

「そうだ、ユウといえば、この動画知ってる？」

ハルルはポケットからスマホを取り出すと、サルのイラストを描《か》いたスケッチブックで顔を隠《かく》した子が「こんにちは〜！」と、カラオケルームではしゃぐ動画を再生《さいせい》する。

「ユウの声まねしてる、アイアイって人の動画がネットで今、話題になってるんだよ？」

ドキドキ、ギクッ！

「う……ううん、知らない。今はそーいう動画がバズってるんだ。」

「なら見てみて。これ本人？　って思うくらい、すっごく声が似《に》てるから！」

力説《りきせつ》するハルルに心臓《しんぞう》バクバクのあたし。

ふたりで十字路まで来たところで「また明日ね。」と、手をふって、別《わか》れる。

「アイ、イジワルな子たちの言葉は気にしないで。明日は今日配信《はいしん》の『ミラ★カラ』の話でもりあがろうね！」

（ありがとう、ハルル。せっかく教えてくれたのに、ノリ悪くてごめんね……！）

どんなときもとなりにいてくれる親友のせなかを見送り、心の中でこっそり謝《あやま》る。

だってあたし、知ってるの。

話題になるよりずっと前から、ユウの声まね動画の存在《そんざい》を——これは親友にもヒミツ。

なぜなら、アイアイの正体は東山アイ、あたし自身だから。

きっかけは二か月前。

『東山さんの声って低《ひく》くてかすれていて、オッサンみたいな声だよね。』

とあるきっかけで、クラスの人たちにそうイジられはじめ、真剣《しんけん》に悩《なや》んでいたころ。

動画作りが大好《だいす》きなお兄ちゃんが突然《とつぜん》、こんなことを言いはじめた。

『よし、アイの低《ひく》くてハスキーな声を生かして、楽しい動画を作ろう！』

そこに「いいわね！」と、おもしろいこと好《ず》きのママもノッてきて、三人でいろいろアイデアを出しあって。

スケッチブックにかわいいサルの絵を描《か》き、動画配信者《はいしんしゃ》っぽくそれで顔を隠《かく》して、ママが働《はたら》くカラオケ店で大好《だいす》きなユウの声まね動画を撮影《さつえい》。

その動画に文字を入れたりとお兄ちゃんが上手に編集《へんしゅう》して、家族みんなで見て、あ～おもしろかった！　おしまい――だと思ってたのに。

『アイの声は大西ユウの声にそっくりだから、きっとウケる、バズる！』

お兄ちゃんがその動画を勝手に動画サイトに公開しちゃって、大あわて。

顔は隠《かく》してるけど、学校と同じようにヘンな声とか、似《に》てない、ヘタくそと言われるのを覚悟《かくご》した——だけど、実際《じっさい》の反応《はんのう》は。

「似《に》てる～！」「りりしい！」「今度は『ミラ★カラ』のユエルの声まねして！」

読んでて胸《むね》がジ～ンとしちゃうコメントをたくさんもらえた。

それから毎週一本ずつ、ユウの声まね動画を作っては公開して、みんなからのコメントを読んで、元気をもらってた。そして。

『大西ユウに声がそっくりな、声まね動画配信者《はいしんしゃ》がいる！』

お兄ちゃんの予想どおり、あたしの声まね動画がバズった！

ＳＮＳをはじめ、ネットのいろんなところで紹介《しょうかい》されて、どんどん拡散《かくさん》。

それまでは多くても数十回だった動画の再生数《さいせいすう》も、数千回と一気にのびて。

きのうの夜、新しく公開した動画の再生数《さいせいすう》はなんと、一万回以上《いじょう》っ。

スマホを取り出し、再生数《さいせいすう》をもう一度、確認《かくにん》する。「いいね」もいっぱい押《お》されてる。

教室では「低《ひく》くてヘンな声。」と笑《わら》われ、目立たないよう、コソコソしているけれど。

（あたしの声を聞いて、楽しんでくれる人が世界には一万人以上《いじょう》いる……！）

それだけで心がポカポカして、勇気《ゆうき》がわいてくる！

スマホの画面をタップし、みんなからのコメントを読む。

声まねアイアイ：
大西ユウの声まねや
第一回
アイアイ

『アイアイ、演技《えんぎ》もうまいし、声優《せいゆう》目指しなよ。応援《おうえん》する！』

『アイアイなら、キャンセルばかりで落ち目のユウに取って代われる！』

『俺《おれ》はアイアイを応援《おうえん》する！　打倒《だとう》！　本家・大西ユウ！』

ふと目に飛《と》びこんできた、はげましのコメントとユウの悪口。

複雑《ふくざつ》な気持ちでスマホをしまい、家に向かって歩きだす。

オッサン声とまでは思っていないけど、あたしの声は男子のようにとても低《ひく》い。

声優《せいゆう》さんって、見た目も声もステキな人ばかりだし……。

見た目フツーで声の低《ひく》いあたしが声優《せいゆう》さんを目指すなんて、ゼーッタイ無理《むり》。

あたしはハルルと好《す》きな声優《せいゆう》さんやアニメの話でもりあがるだけでじゅうぶん。

（でももし、イケボ男子に生まれていたら、あたしも自分の声が好《す》きになって、ユウみたいに声優《せいゆう》目指したりしてたのかな？）

ちょっとつり目のすっきりとした顔だち、落ち着いた雰囲気《ふんいき》。

写真や動画で見るユウはクールで自信《じしん》にあふれている。

中一のあたしより二歳《さい》年上なだけなのに、大人っぽくて本当にすごいと尊敬中《そんけいちゅう》。

でも、最近《さいきん》はイベントの参加《さんか》もＳＮＳの更新《こうしん》もなくなって、すごく心配なんだ。

（たしかに最近《さいきん》、イベントに出なくなったりしてるけど、事前にちゃんと告知《こくち》してるし……ユウはしっかり者だから、なにか理由があるんだよ！）

あたし、信《しん》じてる——両手をぐっとにぎりしめ、空をあおぐと、トントン。

だれかがあたしの肩《かた》を軽くたたいた。

ふり返った瞬間《しゅんかん》、すずしげな黒目とパチリと目があう。

「え、うえぇぇっ……うそっ⁉」

ちょうど今、思っていた人の顔にそっくりな人がすぐ目の前に立っている。

夢《ゆめ》みたいな、ありえない状況《じょうきょう》に心臓《しんぞう》が飛《と》び出《で》そうになる。

マスクで顔の半分を隠《かく》してるけど、大ファンだもの、見まちがえない！

「もしかして……大西ユウさん、ですか？」

おそるおそるたずねると、彼《かれ》はマスクをさげて、真剣《しんけん》な顔でコクリとうなずく。

あこがれの声優《せいゆう》さんが目の前に……ヤバい、泣《な》きそうっ！

「あのっ、あたし、ユウさんの大ファンで……ユエルの声は無邪気《むじゃき》でかわいくて、でもアルタルフの声はりりしくて……だ、大好《だいす》きですっ！」

「ふふ、それはどうもありがとう。ユウもよろこぶわ。」

お礼を言ったのは、ユウさんではなく、スーツをピシッと着た女の人――だれ？

「初《はじ》めまして。私《わたし》は天条《てんじょう》ユリ恵《え》。K《ケー》プロダクションのマネージャーです。」

「Kプロダクションって、ユウさんが所属《しょぞく》する事務所《じむしょ》の名前ですよね？　ユウさんのファンになったとき、ネットでいろいろ調べたんですっ！」

興奮《こうふん》ぎみのあたしに天条さんは「そう。」と、軽くうなずいて。

「それで……ユウの声まね動画を投稿《とうこう》しているアイアイさんはあなた、よね？」

ハキハキとした天条さんの問いかけ。あたしの顔からサッと血の気が引く。

「ど、どどっ、どうして、あたしだってわかったんですか？」

ネットは匿名《とくめい》だし、スケッチブックで顔を隠《かく》して撮影《さつえい》したのになんで!?

「動画でいっしょに映《うつ》っていたものや、投稿者《とうこうしゃ》の他の動画を見て、特定《とくてい》したのよ。」

声まね動画の投稿《とうこう》はお兄ちゃんのアカウントから。

お兄ちゃんは声まね動画以外《いがい》にも、自分で作った動画を公開してるんだった！

しまった～！　匿名性《とくめいせい》の意味、あんまりなかった！

天条さんは「うふふ。」と笑《わら》うけれど、切れ長の目は笑《わら》っていない。

あたし、なんか怒《おこ》らせることしたっけ……あっ、現在進行形《げんざいしんこうけい》でしてる！

「もしかして、あたしを怒《おこ》りに……訴《うった》えに来たんですか？　勝手に声まね動画を作って投《とう》稿《こう》したから、メーヨキソンとかチョサクケンとか、そういうの！」

もし裁判《さいばん》になったらニュースにもなって、顔も本名もハンドルネームも日本中に知れわたって――ヤバい、目立つなんてレベルじゃない、悪い意味で有名人！

「ごめんなさい！　男の人みたいに低《ひく》いって学校のみんなに声をバカにされて、あたしも自分の声が好《す》きになれなくて……でも声まね動画をアップしたら、大勢《おおぜい》の人が楽しんでくれて、うれしくて。調子にのって動画を作りつづけました！　ユウさんを傷《きず》つけたり、イヤな気持ちにさせてしまったなら、謝《あやま》ります。もうしません。本当にごめんなさい！」

勢《いきお》いよく頭をさげて、ユウさんと天条さんの返事を待つ。

許《ゆる》してもらえるまで、頭はあげないでいよう。

そう心に決めたとき、ユウさんがスッとあたしの顔をのぞきこんできた！

目の前にせまる推《お》しの顔にドキリ――そのままの姿勢《しせい》で、こわごわとたずねる。

「許《ゆる》してくれるんですか？」

無言《むごん》でコクリとうなずいて、ユウさんは天条さんを見あげる。

彼《かれ》はさっきから一言もしゃべっていない――すこし様子がヘンかも？

「微妙《びみょう》な動画もあるけれど、ユウと声がそっくりなあなたにお願《ねが》いがあるのよ。」

「あたしにお願《ねが》い、ですか？」

「ええ。あなた、しばらくのあいだ、ユウの影武者《かげむしゃ》をやってくれないかしら？」

「えええぇっ、影武者《かげむしゃ》ぁっっっっ!?」

声優《せいゆう》さんの影武者《かげむしゃ》って、それって一体、どういうイミ〜〜〜〜っ!?


大パニックのまま、あたしはふたりが乗ってきたという黒い車の中へ。

後部座席《こうぶざせき》に腰《こし》かけると、ユウさんが無言《むごん》のまま、となりにすわった。

すこしでも体を動かしたら、肩《かた》と肩《かた》がぶつかりそうな距離《きょり》。

ドキドキそわそわしていると「実は。」と、天条さんが重い口調で話をはじめる。

「事情《じじょう》を説明《せつめい》するのに必要《ひつよう》だから言うけど、ユウの声が出なくなってしまったの。」

「えっ、声が……本当ですか？」

ユウさんが口をパクパク動かすけれど、大好《だいす》きなあの声は聞こえてこない。

そんな……どうして。おどろきとショックで、かける言葉が見つからない。

声優《せいゆう》さんは声で演技《えんぎ》をする俳優《はいゆう》さん。声が出なくなったら、お仕事ができなくなる。

「イベントに出なくなったのも、声が出なくなったためですか？」

「そうよ。こういうときは他のプロの声優《せいゆう》さんに任《まか》せて休むのがふつうなのに、自分の役をゆずりたくない、あなたを影武者《かげむしゃ》にして役を守れないなら、生きていたってしかたがないと、さわぎを起こして……一度、スタジオに来て、ユウの代わりにマイクの前に立ってもらえないかしら？」

「それって、あたしがユウさんの代わりに、アフレコに参加《さんか》するってことですか……？」

突然《とつぜん》のお願《ねが》いに耳を疑《うたが》うあたし。天条さんは「そうよ。」と、すぐにうなずく。

（無理《むり》、そんなのムリムリ！）

おばあちゃんが元気だったころ、お兄ちゃんと三人で劇《げき》やアフレコごっこはしたことあるけど、天条さんが言うアフレコはお仕事――本物のアフレコ。

「あたし、素人《しろうと》ですし、無理《むり》……。」

「ええ、素人《しろうと》には無理《むり》。でもあなたに一度やってもらわないとユウが納得《なっとく》しないのよ！」

車内にビリビリ響《ひび》きわたる、天条さんのイラだち声。

わわ、こわっ！

そのとき、ユウさんがすっと手を広げ、ブルッと震《ふる》えたあたしをかばう。

彼《かれ》の目はとても真剣《しんけん》で、見ているだけで胸《むね》がズキリと痛《いた》む。

ユウさんは初《はじ》めてファンになった、あこがれの声優《せいゆう》さん。

こまっているなら力になりたいけど、あたしは声まねが上手な、ただのファン。

(おしばいはおばあちゃんが元気だったとき、おばあちゃんや演劇《えんげき》クラブの先生からすこし習ったけど……。)

ひざにおいた手をにぎりしめたとき、ぎゅっ。

ユウさんの手があたしのにぎり拳《こぶし》を優《やさ》しくつかみ、もう片方《かたほう》の手でメモをさし出す。

『一度でいいからやってみて、キミだけが頼《たよ》りなんだ！』

オーディションで勝ち取った役を人にゆずりたくない。声が治《なお》るまで僕《ぼく》の役を守って！

彼《かれ》のまなざしと手の強さから伝《つた》わる、必死《ひっし》な思い。

ユウさんと見つめあったまま、のどに手をあてて、考える。

あたしの声は男の人のように低《ひく》く、かすれていて。

ユウさんがいなかったら、声まね動画も、アイアイもきっと存在《そんざい》してなくて。

動画を見た人たちから、勇気《ゆうき》づけられるコメントももらえなかった。

今度はあたしがユウさんの力になる番なの……？

「あたしの声、ユウさんの力になれますか……？」

なれる！　そう言うかわりに彼《かれ》は勢《いきお》いよく、うなずく。

その力強さがあたしのせなかを押《お》す。

「じゃあ、やって、みます……大ファンのユウさんのため、挑戦《ちょうせん》します！」

震《ふる》える声でこたえた瞬間《しゅんかん》、あたしの拳《こぶし》をにぎるユウさんの手にさらに力がこもった。

右手に広がるぬくもりに、胸《むね》のドキドキが加速《かそく》する。

あこがれの声優《せいゆう》さんの影武者《かげむしゃ》になる。

（な、なんかスゴいことになっちゃった……。）

夢《ゆめ》の中にいるような、ふしぎな気分だった。


影武者《かげむしゃ》としてでも、アフレコに参加《さんか》する以上《いじょう》、これはリッパなお仕事。

十三歳《さい》はまだ未成年《みせいねん》。お仕事をするには保護者《ほごしゃ》の許可《きょか》が必要《ひつよう》なんだって。

天条さんが運転する車で、あたしたちはママが働《はたら》くカラオケ店に向かう。

「アイアイの動画はいつもこのカラオケチェーン店で撮影《さつえい》されていたわね。」

「はい、ママ……母が働《はたら》くこのお店で週に一回、撮影《さつえい》してました。」

ママは店内放送にあわせて鼻歌を口ずさみ、ごきげんモードで店番中。

あたしが「ママ！」と声をかけると、ふしぎそうに首をかしげた。

「アイ、今日は撮影日《さつえいび》じゃないわよね？　今は満室《まんしつ》で……あら～～っ、もしかして、ゆりえってぃ？」

「あなた、もしかして……めぐるん？」

「そうよ。やだ～超《ちょう》ひさしぶり！　結婚式《けっこんしき》ぶりだから、十五、六年ぶり？」

ママは小走りで天条さんに近づき、ハンドシェイク。

「それくらいぶりだけど、ゆりえってぃ呼《よ》びはやめてよ。私《わたし》はもう声優《せいゆう》をやめて、今はKプロのマネージャーなんだから。」

「そういうマジメなとこ、変《か》わってないわね。ゆりえってぃ！」

「ママ、天条さんを知ってるの？」

こまり顔の天条さんの手をにぎったまま、ママはうなずく。

「そうよ、私《わたし》たち、大学の演劇《えんげき》サークルでいっしょに活動していたの！」

「この子、めぐるんの娘《むすめ》なの？　じゃあ、富山恵子《とやまけいこ》の孫《まご》ってこと!?」

天条さんがおばあちゃんの名前をさけんだ瞬間《しゅんかん》、胸《むね》がズキリと痛《いた》む。

富山恵子。

三年前、病気で死んじゃったおばあちゃんは、声優《せいゆう》のお仕事もする俳優《はいゆう》さんだった。

小さいころはおばあちゃんとお兄ちゃんの三人でおしばいごっこをして、遊んだ。

発表会では、みんなから「おしばい上手だね。」と、ほめられて。

おばあちゃんが昔、仕事で使った台本とＤＶＤを使い、アフレコごっこをしたり、おばあちゃんが参加《さんか》する収録《しゅうろく》にも、数回連《つ》れていってもらった。

えらそうな政治家《せいじか》、こわ〜い魔女《まじょ》、ずる賢《がしこ》くて生意気な小動物……。

いつも優《やさ》しいおばあちゃんが別人《べつじん》になる瞬間《しゅんかん》は、とりはだが立った。

今でも尊敬《そんけい》しているし、楽しい思い出がいっぱいで、ずっとずっと大好《だいす》き！

だからこそ、三年経《た》った今でも思い出すのがつらいの。

「もちろん、アイは私《わたし》の娘《むすめ》だもの。それでゆりえってぃ、今日は一体どうしたの？」

あたしとユウさんを見て、ママは首をかしげた。

声が出なくなったユウさんの影武者《かげむしゃ》を、声まね動画配信者《はいしんしゃ》のあたしがやる。

大事な話しあいはママのお仕事が終わったあと、カラオケルームの一室でした。

「なにそれ楽しそう！　アイがやりたいと思ったなら、やってみればいいんじゃない？」

あたしのせなかをトンとたたき、おもしろいこと好《ず》きのママはあっさりＯＫ。

ユウさんと天条さんは目をぱちくりさせている。

「ちょっとめぐるん、あなた親でしょ？　ここは止めなさいよ……。」

「ゆりえってぃこそ、マネージャーなんだから、ユウくんを説得《せっとく》しないと。」

「それができたら、ここには来ないわよ。それでこの子は声まねはできるみたいだけど、演技《えんぎ》の実力はどうなの？　富山恵子の孫《まご》なら、多少はできるの？」

品定めするように、天条さんはじっとあたしを見る。

（大好《だいす》きなおばあちゃんの名前、そんなふうに出さないで……！）

文句《もんく》は口でなく、目で。あたしもじっと天条さんを見つめ返す。

「お母さんが元気だったころは毎週のように、あっちの家に泊《と》まりに行って、息子《むすこ》と三人でアフレコごっことかしてたし、小四のときは演劇《えんげき》クラブに入ってたし……おしばいは好《す》きそうよ。あとは本人次第《ほんにんしだい》だけど、なにごとも経験《けいけん》、まあイケるでしょ！」

「イケるって、あいかわらず軽いわね……子どもに期待しすぎじゃない？」

「そりゃあ、自分の子には期待しちゃうわよ！　それにゆりえってぃも意地悪ね。私《わたし》に許《きょ》可《か》を取りに来たってことは、一度はアイをマイクの前に立たせる気があるんでしょ?」
観念《かんねん》したように、天条さんはため息をつく。
天条さんの態度《たいど》はママに会っても、ずっと冷《ひ》ややか。
その冷《つめ》たさにふりしぼった勇気《ゆうき》がしぼみ、あたしは目をふせる。
そのとき、コンッとユウさんが軽くテーブルをたたいた。
はっと顔をあげると、ユウさんの真剣《しんけん》な瞳《ひとみ》と目があった。
ユウさんの力になりたいという思いとおばあちゃんへの複雑《ふくざつ》な想《おも》い。
心の中ではふたつの気持ちがせめぎあっている。だけど。
キミだけが頼《たよ》り——ユウさんのくれた言葉があたしにふたたび、勇気《ゆうき》をくれる。
「あたしもやってみたいです。一度、アフレコに挑戦《ちょうせん》させてください!」
「本当に一度だけよ。力不足《ちからぶそく》だとわかったら、そこですぐにやめさせるから。」
そう言って、天条さんはカバンから書類《しょるい》を取り出し、ママに手わたした。

ユウさんの影武者《かげむしゃ》として挑戦《ちょうせん》するアフレコは二日後。
不安《ふあん》もあるけれど、天条さんからアフレコの練習用DVDと台本を手わたされた瞬間《しゅんかん》、

「ゼッタイにガンバりますっ！」と、勢《いきお》いよく宣言《せんげん》しちゃった。

だって、あたしが挑戦《ちょうせん》するアフレコは『ミラ★カラ』の最新話《さいしんわ》なんだよ！

『ミラ★カラ』こと『学園怪盗《がくえんかいとう》ミラクル★カラフル』は「一番のお宝《たから》はあなたのミライとハート♡」がキャッチフレーズの学園ラブコメディ。

ヒロインのミライとふたりの男の子・賢《かしこ》くて大人びたシンと無邪気《むじゃき》でスポーツ万能《ばんのう》なユエルが怪盗《かいとう》に変身《へんしん》し、学校で起きる事件《じけん》や生徒《せいと》たちの悩《なや》みを解決《かいけつ》する物語。

事件以上《じけんいじょう》に気になるのが、ミライとシンとユエルの三角関係《さんかくかんけい》！

三人とも自分の気持ちに気づいているのに「怪盗《かいとう》の任務《にんむ》が大事だから。」と、任務《にんむ》には積極的《せっきょくてき》なのに恋《こい》には消極的《しょうきょくてき》。

あたしはユウさん演《えん》じるユエル派《は》だけど、ハルルは賢《かしこ》くてマジメなシン派《は》。

あたしたちはしょっちゅう、自分がミライなら……と、想像《そうぞう》してもりあがっている。

大好《だいす》きな『ミラ★カラ』のアフレコに参加《さんか》できるなんて、責任《せきにん》重大！

でも超《ちょう》うれしくて、夕《ゆう》ご飯《はん》を食べたら、すぐに練習開始！

「わっ、まっ白っ！」

再生《さいせい》した練習用ＤＶＤの映像《えいぞう》は、音も色もついていない紙しばいみたいだった。

ミライたちの絵も大ざっぱで、いつも観《み》てるアニメ映像《えいぞう》とは大ちがい！

台所のかたづけを終えたママが「どれどれ？」と、テレビ画面をのぞきこむ。

「まだ映像《えいぞう》が完成《かんせい》していなくて、絵コンテを元に収録用《しゅうろくよう》の映像《えいぞう》を作ったのね。今じゃ多くの人が声の収録《しゅうろく》をアフレコと呼《よ》ぶけど、映像《えいぞう》の完成《かんせい》より先に声を収録《しゅうろく》する場合、本当はプレスコというのよ。」

「知らなかった……でもこれだと、どこでユエルがしゃべるのか、わかんないよ。」

「だいじょうぶ。ほら、画面の上にタイムコード、そして画面の下にボールド……今はこのキャラがしゃべりますって、名前が出てるでしょ？」

画面を見ると、ちょうど画面の下に『ミライ』と名前が表示《ひょうじ》されたところだった。

「アイはユエルの名前が出ているあいだにしゃべればいいの。」

「うん、わかった！　ママ、くわしいんだね！」

「まあね。おばあちゃんが仕事するすがたをずっと見てきたし、パパと結婚《けっこん》するまでは映《えい》像《ぞう》制作《せいさく》の仕事をしていたから。」

ほこらしげに笑《わら》うママ――お兄ちゃんの動画作《どうがづく》り好《ず》きはママゆずりだ。

台本をペラリと開き、あたしがユエルのセリフを確認《かくにん》しはじめると。

「アイ、台本をめくるときはその音がマイクに入らないように気をつけて。スタジオのマイクは性能《せいのう》がよくて、紙をめくる音や服のすれる音も拾うから、マイクの前に立つときは細心の注意が必要《ひつよう》よ。それから声は、ちゃんと姿勢《しせい》を正して、お腹《なか》から出すのよ。」

台本をめくるときは下にさげて――マイクから離《はな》して、静《しず》かにそっとめくる。

「動きは忍者《にんじゃ》の気持ちで。」と、ママはアフレコに参加《さんか》するときのコツをいろいろ教えてくれた。

アドバイスのいくつかは昔、おばあちゃんからも教わった話で、思い出すたび、なつかしさとさびしさが胸《むね》にこみあげてくる。

そして、カタンッ――胸《むね》の底《そこ》で記憶《きおく》のマンホールのフタが動いたような気がした。

二日後、ついにアフレコ初挑戦《はつちょうせん》の日がやってきた！

家でしっかり練習したし、きっとうまくいく……と、信《しん》じたいけど。

（あたしのおしばい、本当に今のままでだいじょうぶかな？）

家での練習中、ママはあたしの演技《えんぎ》について、アドバイスもダメ出しもしなかった。

理由を聞いたら「おしばいの方向性《ほうこうせい》は、オンカンが決めるものだから。」だって。

オンカンさんって、どんな人かな。天条さんみたいに冷《つめ》たい人じゃないといいな。

アフレコは十六時——学校が終わってから。

台本とユウさんからもらったメモをクリアファイルに入れ、ドキドキしつつ、学校へ。

自分の席《せき》にすわり、そわそわしながら、ハルルが登校するのを待っていると。

「おはよう、東山っ！」

うしろから聞こえた元気な声にビクリとする。

（この声はハルルじゃない……ああ、今日も話しかけられちゃった。）

おそるおそるふり向けば、ニカッ——黒髪《くろかみ》やんちゃ男子があたしに笑《わら》いかけてきた。

「お、おはよ……。」

彼《かれ》にしか聞こえないような、小さな声で返事をするけど。

「今日の東山、なんかそわそわしてね？　なにかいいコトあったのか？　それなら教えてくれよ、なっ？　東山！」

あわわわわ、目立つから、大きな声であたしの名前を何度も呼《よ》ばないで〜！

ほら、教室にいる女子たちがギロリとこっちを見てくるし！

冷《ひ》や汗《あせ》タラタラのあたしにかまわず、彼《かれ》はまた「東山？」と、名前を呼《よ》ぶ。

小がらで目がクリッとした彼《かれ》は、クラスメイトの風見蓮斗《かざみれんと》くん。

小学校がいっしょだった子の話だと、木のぼりをして虫をつかまえたり、時には他の男子が女子の肩《かた》にのせた虫を取ってあげたり……と明るく、優《やさ》しくて。

一年生なのにすぐサッカー部のレギュラーに仲間入《なかまい》りをし、試合に出れば必ずシュート
――クラスで一番人気のサッカー男子。

運動神経《うんどうしんけい》バツグンの彼《かれ》は、未来《みらい》のサッカー日本代表選手《せんしゅ》かも？

将来有望《しょうらいゆうぼう》な風見くんを多くの女子がねらっている。

その彼《かれ》になぜかあたし、「勝利《しょうり》の女神《めがみ》！」と、なつかれています。

二か月前、そのころ仲《なか》よしだった友だちにさそわれて、サッカー部の試合《しあい》を見に行ったんだけど……そのとき、あたしがさけんだアドバイスでシュートを決められたんだって。

そんなアドバイスした記憶《きおく》、あたしにはまったくないのに……。

すぐに誤解《ごかい》を解《と》こうとしたけど、「あの低《ひく》くて、よく通る声は東山の声だった。東山はオレの勝利《しょうり》の女神《めがみ》！」と、信《しん》じてくれなくて、彼《かれ》を好《す》きな女子たちに目をつけられた。

あたしの声がオッサン声と言われるようになったのも、そのころから。

誤解《ごかい》だって言ってるのに、風見くんもまわりの子も全然《ぜんぜん》信じてくれない。

「東山、顔色悪いけど、平気か？」

風見くんの声が、思いなやむあたしを現実《げんじつ》に引きもどす――全然《ぜんぜん》へーきじゃないよ。

ハルル以外《いがい》の友だちに距離《きょり》をおかれたの、風見くんが原因《げんいん》なのにっ。

このまま、みんなの冷《つめ》たい視線《しせん》をあびるのは無理《むり》。緊急脱出《きんきゅうだっしゅつ》っ！

「あたし、HR《ホームルーム》の前に行くとこあるから、ごめんっ！」

「あ～あ、風見。今日もフラれたな。」

からかう男子の声をせなかで聞きつつ、教室を出て、女子トイレに逃《に》げこむ。

もう、好《す》きとかフッたとか、どうしてすぐ恋《こい》バナにしたがるの？

（ユウさんの影武者《かげむしゃ》をするのに必死《ひっし》で、恋《こい》バナとかしてる場合じゃないのに……！）

泣《な》きたい気持ちをこらえて、クリアファイルに視線《しせん》を落とす。

『一度でいいからやってみて、キミだけが頼《たよ》りなんだ！』

おととい、大ファンのユウさんからもらった、短いメッセージ。

角ばった文字の手書きメモが、しぼんだ心をあたためてくれる。

ユウさんのためにも今はアフレコに集中――気を取り直し、あたしは台本を開いた。

学校の授業《じゅぎょう》が終わったら、いよいよアフレコ！

部活があるハルルとは教室で別《わか》れて、早足で学校を出る。

収録《しゅうろく》スタジオは、学校近くにあるスポーツ公園の向こうと、おどろくくらい、近所！

笑《わら》い声《ごえ》が響《ひび》く公園を突《つ》っ切《き》って、反対側《はんたいがわ》に出ると。

「アイさん、こっちよ。」

天条さんが三階建《がいだ》てのビルの入り口に立ち、あたしに手招《てまね》きした。

「こんにちは、天条さん。今日はよろしくお願《ねが》いします。」

「こちらこそ、どうぞよろしく……あまり期待はしてないけど。」

ううっ、今日も冷《ひ》ややか――でも、メゲない。

ふたりで地下への階段《かいだん》をおりていると、天条さんがふしぎなことを言いはじめた。

「今は夕方だけど、仕事の現場《げんば》では昼でも夜でも、あいさつは『おはようございます』なの。これから会う人たちには、そうあいさつしてね。」

「えっ、おはようございますって、朝のあいさつですよね？」

「家や学校ではね。仕事ではまたちがうの。」

あたし、大人の世界に足を一歩踏《ふ》み入《い》れたんだ！

放送部の先輩《せんぱい》をはじめ、生徒《せいと》の何人かがモデルとか芸能活動《げいのうかつどう》をしているウワサは聞いているけど、うちの学年はまだ――あたしが一番乗りっ！

ほこらしい気持ちで、スタジオに入る。

白い壁《かべ》に茶色い床《ゆか》、機材《きざい》がいっぱいのスタジオは学校の音楽室にちょっと似《に》ている。

「おはようございます、今日はよろしくお願《ねが》いします。」

天条さんの声で、中にいたユウさんと三人の大人がいっせいにあたしを見た。

「おはようございます……初《はじ》めまして、東山アイです。よろしくお願《ねが》いします！」

緊張《きんちょう》で声がうわずるあたしを、大人たちは拍手《はくしゅ》で出迎《でむか》えてくれた。

「富山恵子さんのお孫《まご》さんなんだってね。僕《ぼく》、かけだしのときに富山さんにお会いしたことあるんだよ。いやあ世間はせまいね、今日からよろしく。」

「声まね動画で人気者になるなんて、最近《さいきん》の子はスゴいねえ！」

おばあちゃんに会ったという、まるい顔のおじさんが『ミラ★カラ』の監督《かんとく》さん。

スーツのお兄さんは『ミラ★カラ』の商品を出している会社のプロデューサーさん。

「ふたりともたくさんの人が関《かか》わるアニメの制作現場《せいさくげんば》をまとめあげる人よ。監督《かんとく》は作品づくりの方針《ほうしん》を決めて、プロデューサーは作品の見せかたや売りかたを考える人よ。」

そして、と天条さんが最後《さいご》に紹介《しょうかい》したのが、ヒゲを生やした眼鏡《めがね》のおじさん。

「彼《かれ》がオンカンの里畑《さとはた》さん。現在《げんざい》のユウのレギュラー作品のオンカンはすべて、里畑さんが担当《たんとう》しているの。」

「オンカンの里畑さん……オンカンさんって、苗字《みょうじ》じゃないんですか？」

「オンカンは音響監督《おんきょうかんとく》を短く呼《よ》んだものだよ。俺《おれ》は声優《せいゆう》の演技指導《えんぎしどう》をはじめ、音楽や効果《こうか》音《おん》など、作品に関《かか》わるいろんな音の制作《せいさく》にたずさわり、まとめている。めぐるから聞いてなかったのかい？」

低《ひく》く、渋《しぶ》い声でたずねる里畑さんにあたしはコクリとうなずく。

「はい。オンカンさんという人がいるとしか……里畑さんも母を知っているんですか？」

「ああ、俺《おれ》とユーリとめぐる、それからユウくんの母親は学年はちがうが、同じ演劇《えんげき》サークルに所属《しょぞく》してたんだよ。これもご縁《えん》かな？」

「えぇっ、知らなかったです。ママも教えてくれたらいいのに……。」

「めぐるはヘンなところでシャイだからな。」

里畑さんが目を細めたとき、マスクをつけたユウさんがあたしに握手《あくしゅ》を求《もと》めてきた。

そっと手をにぎると、初《はじ》めて会った日と同じ、あたたかなぬくもりが右手に広がる。

僕《ぼく》の代わり、しっかりたのんだよ——力のこもる手と目から伝《つた》わる、強い思い。

あたしの胸《むね》がトクンと高鳴る。

「ユウさん、あたし、がんばりますね！」

ゼッタイできるって自信《じしん》はないけど、ユウさんの思いにこたえたい！

手を離《はな》すと、天条さんが大きなガラス窓《まど》の向こう、アフレコブースを指さす。

「じゃあ、アイさんはブースの中に……。」

今いるのは、声の収録《しゅうろく》に必要《ひつよう》な機材《きざい》がいっぱいある、コントロールルーム。

声の収録《しゅうろく》はマイクが置《お》かれている、となりの部屋・アフレコブースでおこなわれる。

「緊張《きんちょう》したら、深呼吸《しんこきゅう》してリラックスだよ。」

「失敗《しっぱい》をおそれず、がんばって！」

「はいっ、よろしくお願《ねが》いしますっ！」

大人たちに見送られ、あたしはアフレコブースにひとりで向かう。

コントロールルームのドアを閉《し》めようとしたとき、里畑さんがため息をついた。

「代役でなく、声優《せいゆう》の影武者《かげむしゃ》……こんな無謀《むぼう》な話、ユーリが止めると思ってた。」

「しかたないじゃない。ユウは頑《がん》として譲《ゆず》らないし、あの子はやるって言いだすし、めぐるんもみなさんも、うちの社長までおもしろがって……だれも止める人がいなくて。」

「他の声優《せいゆう》でなく、動画サイトの声まねの子を起用。今っぽいじゃないですか。」

「もしバレても、作品の話題づくりになりそうですし。」

えぇえっ、バレたら炎上《えんじょう》して、大変《たいへん》なことになるんじゃ……!?

ユウさんと『ミラ★カラ』を守るためにも、しっかりやらなくちゃ――!

ドアを閉《し》めたら、深呼吸《しんこきゅう》。

ユウさんの手のぬくもりが残《のこ》る右手で、アフレコブースのドアを開ける。

「わあっ、すごいっ!」

壁《かべ》に取りつけられた三台のテレビモニターと、その前に置《お》かれた四本のマイク。

テレビや雑誌《ざっし》とかで見た光景《こうけい》が目の前にっ!

アフレコブース内をきょろきょろ見まわすと、ブースのうしろ、大きなガラス窓《まど》ごしに
ユウさんたちのすがたが見えた。

「じゃあまず、テストからはじめようか。」

アフレコブース内のスピーカーから、里畑さんの声が響《ひび》く。

ユウさんの声が出なくなったのも、あたしが影武者声優《かげむしゃせいゆう》をやるのも、限《かぎ》られた人だけが

知る、トップシークレット。

あたしの収録《しゅうろく》は大勢《おおぜい》の声優《せいゆう》さんたちと……ではなく、ひとりでの収録《しゅうろく》・ぬき録《ど》りと呼《よ》ばれる形でおこなわれる。

ひとりだけの収録《しゅうろく》でも、いよいよはじまるんだ！

台本を持って、マイクの前に立つ。緊張《きんちょう》と胸《むね》のバクバクは最高潮《さいこうちょう》！

「まん中のモニターの上にあるキューランプがついたら、スタートの合図だから。」

里畑さんの声がしてすぐに、赤いランプが光り、モニターに映像《えいぞう》がうつる。

絵は紙しばい状態《じょうたい》だけど、他の声優《せいゆう》さんの声が先に入っていて、イメージがつかめる。

モニターに『ユエル』と名前が出た──あたしの番だっ！

「ミライもシンも落ち着けって、ふたりがケンカしても、なんも解決《かいけつ》しないだろ！」

ふつうにしゃべるよりもテンポはゆっくりめ、声はお腹《なか》から出して。

ユウさんの声まねをするとき、いつも意識《いしき》していたことを心がけ、あたしはアニメの前半・Aパートの収録《しゅうろく》を終える。

（声まね動画もたくさんの人たちが「似《に》てる！」と、ほめてくれたし……いいカンジだよって、言ってもらえますように……！）

ブース内のスピーカーを祈《いの》るような気持ちで見あげ、里畑さんたちの反応《はんのう》を待つ。

数十秒間の沈黙《ちんもく》。口にたまったつばをゴクリと飲みこんだとき。

「んー……やっぱり声まね、作りものの声だな。」

アフレコブースに響《ひび》く、里畑さんの重い声がなけなしの自信《じしん》をへし折《お》る。

うしろで天条さんが「やっぱりね。」と、つぶやく声もした。

すうっと全身が冷《つめ》たくなり、目の前が暗くなる。

『力不足《ちからぶそく》だとわかったら、そこですぐにやめさせる。』

天条さんはあたしやママの前で何度もそう話していた。

やっぱり、声まねのあたしじゃ、ダメ……だよね。

ユウさんの力になれなくて、期待にこたえられなくて、くやしい。

台本をにぎりしめ、うつむいたとき。

「だから今度は声まねでなく、ふつうに演《えん》じてくれ。」

「えっ……？」

「もう一度テストするから、今度は声まねでなく、東山くんが感じたように演《えん》じてみて。」

里畑さんからの予想外の言葉に思わず、コントロールルームをふり返る。

「できるかい？」と、里畑さんがまじめな目であたしにたずねてきた。

「はい、やりますっ！」

このまま終わるのは、くやしいから！

マイクに向き直ると、すぐにキューランプが光り、モニターにまた映像《えいぞう》が流れる。

「ミライもシンも落ち着けって、ふたりがケンカしてもなんも解決《かいけつ》しないだろ！」

「ストップ、まだ大西くんの声まねのままだ。さっきのも今の声も、大西ユウだったらどう演《えん》じるか研究して作ってきた、まねっこの声だ。次はキミが考えたおしばいをしてほしい……意味、わかる？」

（意味はわかるけど、どうしたらいいのか、わからないよ。）

心の声が口から飛《と》び出《だ》しそうになる。

でも、そう弱音を吐《は》いたら、もう一度もらえたチャンスがなくなってしまう。

「アイちゃん、落ち着こう。水を飲んで、リラックスして、ゆっくり考えてごらん。」

会話に入ってきたプロデューサーさんにうながされ、イスに腰《こし》かけて、ペットボトルの水を飲む。深呼吸《しんこきゅう》して、里畑さんの言葉の意味をあらためて、考える。

今のあたしの演技《えんぎ》は声まね——今までの『ミラ★カラ』を見返して、ユウさんのまねを勉強して作ってきた、まねっこの声。

さっき、里畑さんは「ふつうに演《えん》じてくれ。」と言った。

それはきっと、ふつうのおしばいをしてって意味。

「おしばい……。」

胸《むね》の奥《おく》で記憶《きおく》のマンホールのフタがカタッと鳴って、全身にぐっと力が入る。

今、必要《ひつよう》なのは、思い出といっしょに封印《ふういん》した、おしばいの記憶《きおく》や感覚《かんかく》。

大好《だいす》きだったおばあちゃんとの思い出をふり返るのはつらいし、こわい。

(だってあたし、いーっぱい遊んでもらったおばあちゃんにちゃんと「ありがとう。」を伝《つた》えられなかったから……。)

あの日、病院にかけつけたとき、おばあちゃんはもう目を閉《と》じたあとだった。

あと三分……ううん、五分早くついていたら……?

考えるたび、くやしくて、苦しくて、心が悲しみの海に沈《しず》んでいく。

だけど、キミだけが頼《たよ》り――ユウさんの言葉があたしの心に勇気《ゆうき》の火を灯《とも》す。

今は悲しみに沈《しず》んでいるときじゃない。

(ユウさんのためにガンバりたいの。お願《ねが》い、おばあちゃん、力を貸《か》して……!)

記憶《きおく》のマンホールのフタを自分でこじ開けて、思い出の中からヒントを探《さが》す。

『役作りの基本《きほん》はイメージよ。自分の頭で考えて、どんな役なのかイメージをはっきりさせるの。そのイメージがおしばいにつながるのよ。』

頭の中に響《ひび》く、おばあちゃんの声。

ユウさんだったらではなく、あたしだったら、どう演《えん》じるか。

(このお話のユエルは、どんな気持ちでいるのかな？)

自分の頭で考えて、ユエルのイメージを広げる。

彼《かれ》にとって、シンは仲間《なかま》であり、ミライをめぐっては恋《こい》のライバル。

ミライとシンがケンカしたままのほうが、自分の恋《こい》には有利《ゆうり》なはずなのに「怪盗《かいとう》の活動がやりづらいから。」と、彼《かれ》はふたりを仲《なか》なおりさせようとする。

それと「こんな形でミライのハートを射止《いと》めるのもイヤだし。」って、ユエルのセリフ。

ミライをめぐる恋《こい》だって、シンと正々堂々《せいせいどうどう》の勝負をしたいよね——そうだよ！

だから、ユエルはふたりを仲《なか》なおりさせようとするんだ！

やっぱりユエルってステキ——よし、あたしなりのイメージと解釈《かいしゃく》、決まった！

もう一度、台本を最初《さいしょ》から最後《さいご》まで読み返してから、顔をあげる。

「じゃあ、もう一度、やってみよう。」

里畑さんの声にあたしはもう一度、マイクの前に立つ。

キューランプが光り、モニターに映像《えいぞう》が流れはじめる。

あたしは自分で考えて、イメージしたユエルを演《えん》じる。

「ミライもシンも落ち着けって、ふたりがケンカしてもなんも解決《かいけつ》しないだろ⁉」

おどろく演技《えんぎ》のときは、口と目を大きく開いて。

笑《わら》う演技《えんぎ》のときはお腹《なか》から明るい声を出して、あたし自身、笑顔《えがお》で。

怒《おこ》る演技《えんぎ》のときは口や目と顔だけでなく、身ぶり手ぶり、体を動かして。

声だけでなく、顔の表情筋《ひょうじょうきん》を、全身を使い、感情《かんじょう》を表現《ひょうげん》する。

思い出の中からよみがえる、演技《えんぎ》の感覚《かんかく》に身をまかせ、Aパートのテストを終える。

肩《かた》で大きく息をしつつ、あたしは里畑さんたちからの反応《はんのう》を待つ。

……。…………。

さっきより沈黙《ちんもく》が長くて、不安《ふあん》になる。

大きく息を吸《す》いこんだとき、「おどろいた。」と、スピーカーから里畑さんの声がした。

「悪くない……合格点《ごうかくてん》だ。さっきの声まねより、東山くんの演技《えんぎ》を大西くんの演技《えんぎ》に近づけていくほうがいいと思うんだが、やれる自信《じしん》はあるかい？」

合格点《ごうかくてん》。里畑さんの言葉が超《ちょう》うれしくて、全身が熱《あつ》くなる。

「はい、ガンバり、ます……よろしくお願《ねが》いします！」

コントロールルームに体を向け、深くおじぎをする。

ゆるんでいく緊張《きんちょう》と不安《ふあん》の糸――安堵《あんど》、おばあちゃんとの思い出のなつかしさ。

いろんな想《おも》いがとけあった涙《なみだ》がぽとりと床《ゆか》に落ちた。

「アイちゃん、泣《な》かないでよ。」

涙目《なみだめ》のあたしと目をあわせ、プロデューサーさんが優《やさ》しい声をかけてくれる。

「合格《ごうかく》にホッとしちゃって。」と、こたえつつ、あたしは服のそでで涙《なみだ》をぬぐう。

マイクに向き直ると、里畑さんからの演技指導《えんぎしどう》がはじまる。

「今の演技《えんぎ》だが、全体的《ぜんたいてき》にあっさりしていた。ユエルは無邪気《むじゃき》にふるまっているが、いろいろ考えながら、あえて明るくふるまっている。その繊細《せんさい》さを出してほしい。」

言いかた、抑揚《よくよう》、アクセント。

セリフひとつひとつに里畑さんや監督《かんとく》さんからの要望《ようぼう》――チェックが入る。

学校でも習いごとでも、ここまで細かくいろいろ言われること、今までなかった。

（注意の連続《れんぞく》で心がバキッと折《お》れそう……。）

楽しいだけじゃ、ダメなんだ——これがお仕事のきびしさなんだと思い知る。

全部のチェックが終わるころ、あたしの声は元気を失《うしな》っていた。

それなのに。

「だいぶ、大西くんの演技《えんぎ》に近づいてきたが……まだちがうな。」

里畑さんが、「うーん。」とうなる。

でも、あたしにはなにがちがうのか、わからない。

台本はペンの書きこみで、もうまっ赤！

ユウさんの演技《えんぎ》に近づいたはずなのに、なにがちがうの？

二回目のテストのあと、すこし泣《な》いて涙腺《るいせん》がゆるんでいるから、また泣《な》きそうになる。

グズッ。こっそり洟《はな》をすすったとき。

「たぶん、呼吸《こきゅう》じゃないかな？」

監督《かんとく》さんの言葉にあたしたちは「呼吸《こきゅう》？」と、声をかさねる。

「アイちゃんとユウくんの息つぎの場所がちがうと思うんだ……歌もそうだろ？　息つぎの場所がちがえば、歌いかたも変《か》わるし……。」

「さすが監督《かんとく》！　前やったアイドルものの経験《けいけん》ですね。」と、プロデューサーさんが手を打ち、コントロールルームにいる大人たちが、いっせいにユウさんを見る。

ユウさんは里畑さんたちにうなずいてから、アフレコブースにやってきた。

「東山くん、今から大西くんにAパートをやってもらうから、息つぎの場所をしっかりおぼえるんだ。」

「わかりました。ユウさん、お願《ねが》いします！」

モニターに映像《えいぞう》が流れはじめると、ユウさんが口を動かしはじめる。

今日もユウさんの声は出ないまま。

だけど、ユエルの表情《ひょうじょう》にあわせて、クールなユウさんも表情《ひょうじょう》を変《か》える。

声が出なくても、全身全霊《ぜんしんぜんれい》でユエルを演《えん》じるんだって熱《あつ》い思いがあって、今にも声が聞こえてきそう……って、見とれている場合じゃなかった。

ユウさんは肩《かた》で大きく息を吸《す》い、息つぎの場所を教えてくれる。

あたしは台本のセリフの文字の間に青ペンでシャッと息つぎの線を入れる。

こまめに息つぎ——呼吸《こきゅう》が速くなるときもあれば、次の息つぎまで長いときもある。

（声にこめる感情《かんじょう》によって、呼吸《こきゅう》のしかたがちがうんだ！）

あたし、なにも考えないで息つぎしてた。
演技指導《えんぎしどう》でダメ出しされまくり、ヘコむ心がさらに落ちこむ。
うつむくあたしに、すっ……。
おしばいを終えたユウさんが、自分の台本を見せる。
『落ちこみたくても、ここは仕事の現場《げんば》。気持ちの切りかえはすぐに。
プロ意識《いしき》を持って、みんなの前ではどんなときも明るく元気に。』
台本のすみに書かれたメッセージに、ドキリとする。
そうだよね、影武者《かげむしゃ》でも、これは声優《せいゆう》さんのお仕事。
泣《な》いたり、メゲたりしちゃ、ダメだよね。
笑顔《えがお》を作ってうなずくと、ユウさんがまた台本のすみにペンを走らせる。
『初《はじ》めてのアフレコで、ここまでできるキミは期待以上《いじょう》。くじけず、ガンバれ。』
あたし、ユウさんの期待にこたえられているんだ……！
彼《かれ》はあたしの肩《かた》をポンッと優《やさ》しくたたき、里畑さんたちのもとにもどっていく。
肩《かた》に響《ひび》くユウさんからのエール。くじけず、ガンバろう！
台本に書きこんだ息つぎの場所を確認《かくにん》して、実際《じっさい》に息を吸《す》って、感覚《かんかく》をつかむ。

「じゃあ、ラストテスト、やってみようか。」

ペットボトルの水を飲んで、もう一度、マイクの前へ。

だいじょうぶ、これでぐっとユウさんの演技《えんぎ》に近づくはず。

「ミライもシンも落ち着けって、ふたりがケンカしても、なんも解決《かいけつ》しないだろ⁉」

あたしは自信《じしん》を持って、モニターに流れる映像《えいぞう》に声を吹《ふ》きこんだ。


テストで演技《えんぎ》の方向性《ほうこうせい》をしっかり決めたら、本番の収録《しゅうろく》。

ドキドキハラハラ、震《ふる》える足。台本を持つ手も汗《あせ》でジワジワ。

（今までで一番緊張《きんちょう》するけど、ラストテストでちゃんとOKをもらえているから！）

自分自身を奮《ふる》い立《た》たせての本番収録《ほんばんしゅうろく》もなんとか無事《ぶじ》に終了《しゅうりょう》！

「時間ギリギリだから、今日はここまでにしよう。東山くん、おつかれさま。」

アフレコブースの壁《かべ》かけ時計《どけい》は、夜八時五分前をさしていた。

中学生までの子どもは、国の法律《ほうりつ》で夜八時から朝五時までは働《はたら》いちゃいけないんだって。だから、お話の後半、Bパートはまた別《べつ》の日に収録《しゅうろく》。

今日、一気に収録《しゅうろく》したい気持ちもあるけれど、実はクタクタでお腹《なか》ペコペコ。

まだ仕事があるという里畑さんたちに「お先に失礼《しつれい》します！」と、明るくあいさつをして、スタジオの外に出ると、くいっ。

あとを追いかけてきたユウさんが、あたしの制服《せいふく》のすそを引っぱり、メモをさし出す。

パステルカラーの魚のイラストつきメモに書かれていたのは、ユウさんの連絡先《れんらくさき》。

「ええっ、いいんですか!?」

「もちろん。」と、言うようにうなずくユウさん。

大ファンのユウさんとスマホでやりとりできるなんて……。

ドキドキしつつ連絡先《れんらくさき》を交換《こうかん》すると、彼《かれ》から早速《さっそく》、メッセージがとどいた。

『連絡《れんらく》取りあえるほうが、便利《べんり》だから。Bパートの収録《しゅうろく》もガンバろう。』

「はいっ。あ、そうだ、Bパートの息つぎの場所も教えてくださいっ！」

『うん、あとで息つぎの印《しるし》をつけた台本の写真をスマホに送っておく。キミはすごいね。二回目のテストで演技《えんぎ》もぐっとよくなって……おどろいた。』

「ありがとうございます。今日、思いきって思い出の封印《ふういん》を解《と》いた、おばあちゃんの教えのおかげです……。」

『おばあちゃんの思い出を封印《ふういん》……どうして？　立派《りっぱ》な俳優《はいゆう》さんなのに？』

「あたし、おばあちゃんの最期《さいご》に間にあわなかったんです。病院につく数分前に目を閉《と》じたって……いっぱい遊んでもらって、いろいろなことを教えてもらったのに、直接《ちょくせつ》ありがとうって伝《つた》えられなかった……そんな自分が許《ゆる》せなくて。」

『だいじょうぶ、きっととどいてるよ。』

どうして、そう言い切れるの？

あたしは弾《はじ》かれたように、スマホから顔をあげる。

「ユウさん、うちのおばあちゃんに会ったこと、あるんですか？」

『ないよ。でも人が死ぬ際《さい》、最後《さいご》まで残《のこ》る感覚《かんかく》は聴覚《ちょうかく》なんだって。だからそのとき、キミが「ありがとう。」を言っていたら、こたえられなくてもおばあちゃんは聞いていたよ。』

あの日、まだ温《ぬく》もりが残《のこ》る手をにぎって「ありがとう。」と言った直後、おばあちゃんの手がかすかに動いた……ような気がした。

その感覚《かんかく》が右手によみがえった瞬間《しゅんかん》、涙《なみだ》がぶわっとわきあがる。

「そうかも、しれません。ユウさん、ありがとうございま、すっ……！」

今日、マイクの前でおしばいをして、わかった。

おばあちゃんはもういないけど、教わった演技《えんぎ》の知識《ちしき》とおしばいを通じて自分を表現《ひょうげん》するワクワク感は、今もあたしの中にある。
おばあちゃんからの教えは、ユウさんの影武者《かげむしゃ》をするために必要《ひつよう》なもの。
（大切に生かしていくから、応援《おうえん》しててね、おばあちゃん！）
「これからユウさんの力になれるよう、ガンバります！」
洟《はな》をすするあたしにユウさんはふっと口角をあげる。
目の前で投げかけられた優《やさ》しい微笑《ほほえ》み。
胸《むね》がドキッと大きく跳《は》ね、涙《なみだ》がひっこむ。
奇跡《きせき》のような瞬間《しゅんかん》に全身が熱《あつ》くなっていく。
もうずっと見ていたい――と、手のひらに響《ひび》くスマホの振動《しんどう》で現実《げんじつ》に引きもどされる。
『ありがとう。今はキミも声優《せいゆう》。帰ったら、のどのケアをしっかりね。お疲《つか》れさま。』
「はいっ、お疲《つか》れさまでしたっ！」
涙《なみだ》をぬぐって、おじぎをして、あたしは帰り道を急ぐ。
キミだけが頼《たよ》り、期待以上《いじょう》、今はキミも声優《せいゆう》。
ここ数日、あこがれのユウさんから受けとった言葉や表情《ひょうじょう》にトクトクと鼓動《こどう》がはずむ。
クラスの子から「オッサンみたいな声」と笑《わら》われる低《ひく》い声を生かして、ユウさんの影武《かげむ》者《しゃ》をしている。

ああ、もう夢《ゆめ》みたい。次の収録《しゅうろく》もガンバろう！

「ただいま～っ！」

玄関《げんかん》のドアを勢《いきお》いよく開けると、大好物《だいこうぶつ》のハンバーグのにおいがした。

第二話

キラキラ悪役王子登場っ!?

ユウさんの影武者声優《かげむしゃせいゆう》をはじめて、二週間。

自分のおしばいでユウさんの声に近づくコツもつかみ、収録《しゅうろく》にもなれてきた！

……と思ったのもつかの間、あたしは大きな壁《かべ》にぶちあたっていた。


「怪盗《かいとう》はオレです。オレがやりました。」

あたしはマイクの前に立ち、さっきから同じセリフを言いつづけている。

「まだだ、まだ声に余裕《よゆう》がある。人生を賭《か》けて、愛《あい》する人を守ろうとする声じゃない。」

そのたびにコントロールルームにいる里畑《さとはた》さんからダメ出しをされる。

今日も大好《だいす》きなアニメ『学園怪盗《がくえんかいとう》ミラクル★カラフル』のアフレコ。

今回の収録《しゅうろく》はミライがヘマをして、大人たちに正体がバレそうになるお話。

そんな彼女《かのじょ》を守るため、「怪盗《かいとう》はオレです。オレがやりました。」と、ユエルが名乗り出て、つかまりそうになるところで、次回へつづく！

でも、ユエルの最後《さいご》のセリフにＯＫが出なくて、その部分だけ録《と》り直《なお》してる。

「怪盗《かいとう》はオレです、オレがやりましたっ！」

やり直しは十回以上《いじょう》──あぁあああ、もうっ、なにがダメなのっ⁉

あせりとイラだちがにじむ、感情的《かんじょうてき》な声。すぐに里畑さんが冷静《れいせい》に反応《はんのう》する。

「ここで表現《ひょうげん》するのは怒《いか》りじゃない、すべてをひとりで背負《せお》う決意の声だ。」

「怪盗《かいとう》はオレでぇ……っ、げほっごほっ！」

勢《いきお》いよく息を吸《す》ったせいで、あたしは大きくむせる。

ペットボトルの水を飲みつつ、なにが足りないのかを自問自答する。

ユウさんから、息つぎの場所も教えてもらっている。

ＯＫがもらえないのは、完全《かんぜん》にあたしの演技力《えんぎりょく》の問題。

落ちこみたいけど、ここは仕事の現場《げんば》──前にユウさんからも注意されたこと。

メゲたいけど、メゲられない。深呼吸《しんこきゅう》して、ふたたびマイクの前へ。

「東山《ひがしやま》くんは恋《こい》を……今、恋人《こいびと》もしくは好《す》きな人はいるかい？」

里畑さんからの突然《とつぜん》の質問《しつもん》。思わず見てしまったのは、ユウさん。

(うれしい言葉をたくさんくれるけど、ユウさんはあこがれ……ファンだから!)

すぐに里畑さんに視線《しせん》をもどし、「いないです。」とこたえる。

「なら思い出そう。ユエルは口にはしてないが、ミライが好《す》きだ。ふたりの第一印象《だいいちいんしょう》は最《さい》悪《あく》だったが、ともに活動するなかでユエルはミライにひかれていった。」

『ミラ★カラ』の第一話を思い出し、あたしはうなずく。

最初《さいしょ》はドジでおひとよしのミライが苦手だったユエル。

第一話のユエルだったら、ゼッタイにミライをかばったりしない。

今回「オレがやりました。」と、名乗り出るのは、好《す》きになったミライを守りたいから。

『役作りの基本《きほん》はイメージよ。』

ふと頭に響《ひび》く、おばあちゃんの声。

(そうだよ、大事なのはセリフをどう言うかでなく、イメージだよ……!)

いっぱいダメ出しされて、心に余裕《よゆう》がなくなって、忘《わす》れかけてた。

おしばいをしていると、自分がまだ未経験《みけいけん》だったり、ふつうに生活するなかではゼッタイに経験《けいけん》しない気持ちを演《えん》じるときもある。

そういうときは近い気持ちになったときの記憶《きおく》を引っぱりだして、演技《えんぎ》に重ねていく。

ユエルやミライたちのように真剣《しんけん》にだれかを好《す》きになった経験《けいけん》はまだないから、空想の翼《つばさ》を広げて、想像《そうぞう》する。

いつも一生けんめいで、大好《だいす》きなミライが大人たちにつかまりそうになっている。

助けたい――つかまったあと、どんな目にあうとしても、オレの手で彼女《かのじょ》を守りたい。

ユエルの気持ちを考えた瞬間《しゅんかん》、胸《むね》がぶるりと震《ふる》えた。

「お願《ねが》いします。」と里畑さんに合図を送ると、モニターに映像《えいぞう》が流れはじめる。

あたしは静《しず》かな口調で、ユエルの覚悟《かくご》と悲しみを声にこめる。

「怪盗《かいとう》はオレです……オレが、やりました。」

息をこらし、里畑さんたちの反応《はんのう》を待つ。

……、………あれっ、返事がない。なんで、どうして？

コントロールルームをふり返ると、ドキリヒヤリ――心臓《しんぞう》が口から飛《と》び出《で》そうになる。

「ぇぇえええっ⁉　どうしてここに先輩《せんぱい》がっ⁉」

バレエダンサーのようにすらりとした美男子が、里畑さんたちと言いあっている。

彼《かれ》はうちの中学校イチの人気者・北村光城《きたむらみつき》先輩《せんぱい》。

ふたつ上の三年生で、学校のとなりの駅にある大きな病院のひとり息子《むすこ》。

ユウさんとはちがったタイプのイケメン、イケボの持ち主で成績《せいせき》も優秀《ゆうしゅう》。

放送部の部長も務《つと》めるミツキ先輩《せんぱい》は、学校じゅうの子を美声――高笑《たかわら》いとときどき歌声で魅了《みりょう》するキラキラ男子でもあり、去年の夏、若手声優《わかてせいゆう》を発掘《はっくつ》するオーディションに合格《ごうかく》した、かけだしの声優《せいゆう》さんでもある。

(先輩《せんぱい》も収録《しゅうろく》に来たのかな……でもどうして、あたしたちの収録《しゅうろく》スタジオに?)

台本をカバンにしまい、あたしはこそこそと帰りじたくをする。

ユウさんの影武者《かげむしゃ》でも、これはリッパな声優《せいゆう》のお仕事。

家族の許可《きょか》はとったけど、学校には報告《ほうこく》さえしていない――バレたら、マズい!

今日はこのまま帰って、あとで天条《てんじょう》さんに先に帰ったことを電話で謝《あやま》ろう。

そ~っと帰ろうとしたとき、スピーカーから先輩《せんぱい》のするどい声が響《ひび》く。

「アフレコブースにいるニセモノも、早くこっちに来たまえっっ!」

ぴえ~~~ん、あたしの存在《そんざい》もバレてるっ!

ブルブル震《ふる》えながら、コントロールルームに移動《いどう》する。

「声が出なくなったからと声まねの素人《しろうと》に影武者《かげむしゃ》をやらせるなんて、あり得《え》ないっ!」

ユウさんに人さし指を突《つ》きだし、先輩《せんぱい》がさけぶ。

ああ、これはもう、なにからなにまで、ぜんぶ、バレてる……。

青ざめるあたしを先輩《せんぱい》がギロリとにらみつけたとき、ムギュ～ッ。

先輩《せんぱい》の人さし指を強くにぎりしめ、ユウさんが無言《むごん》の反撃《はんげき》！

「いだだだだだだっ、乱暴《らんぼう》はやめたまえっ！」

「ユウも北村くんも落ち着いて。」

ムッとした顔で静《しず》かに怒《おこ》るユウさんと、かっかと激《はげ》しく怒《おこ》る先輩《せんぱい》。

天条さんがふたりを引きはなすと、うしろのドアがすうっと開いた。

「ふたりともケンカしないで。同じ事務所《じむしょ》の同い年同士《どうし》、仲《なか》よくしようよ。」

スタジオに現《あらわ》れたのは、エビス様みたいな顔のおじさん。

おじさんはニコニコ笑顔《えがお》のまま、ユウさんと先輩《せんぱい》の間に立ち、ふたりをなだめる。

「あり得《え》なくて無謀《むぼう》なことだとわかっているけど、僕《ぼく》がＯＫを出したからいいんだよ。おもしろい原石も発見できたしね。」

あたしを見て、ナゾのおじさんは「ふふふ～。」と、楽しげに笑《わら》う。

「だからミツキくん。影武者《かげむしゃ》の話はゼッタイにナイショ。ヒミツをバラしたらいろいろタ

イヘンなことになるからね？」

おじさんが先輩《せんぱい》の肩《かた》をたたくと、先輩《せんぱい》のつりあがっていた切れ長の目がさがる。

口をへの字にして、まだ納得《なっとく》してないぞと言いたげな顔だけど、コントロールルームに広がる、ピリピリした空気がおさまっていく。

「社長、どうしていきなり現場《げんば》に？」

「近くに来たから、原石ちゃんの演技《えんぎ》を直接《ちょくせつ》見たいと思ったんだけど……収録《しゅうろく》、もう終わっちゃったみたいだね。いやあ、残念残念《ざんねんざんねん》！」

このナゾのおじさんはK《ケー》プロダクションの社長さん——エラい人なんだ！

あたしは急いで「初《はじ》めまして！」と、ごあいさつ。

「富山《とやま》さんのお孫《まご》さんなんだってね、天条から見込《みこ》みのある子だって聞いてるよ。」

「えぇっ、本当ですか？」

天条さん、あたしの前ではゼッタイにそんなこと、口にしないのに……。

「ちょっと社長！」と、天条さんがあわてふためく。

本当の話みたい……えへへ、うれしいな！

「ありがとうございますっ、これからもガンバります！」

「その意気でユウを支《ささ》えてやってくれ……よろしくね。」

社長さんの言葉に胸《むね》がいっぱいになる。

もっともっと演技《えんぎ》の腕《うで》をみがいて、ユウさんの力にならなくちゃ！

「そうだ、里畑さん、さっきの演技《えんぎ》、どうでしたか？」

「ギリギリだが、一番よかった。最後《さいご》の声を頂《いただ》いておくよ。」

アフレコで『声を頂《いただ》く』というのは、その演技《えんぎ》を採用《さいよう》――つまり、ＯＫということ！

「来週までに恋《こい》をするのはむずかしいだろうけど、ユエルの行動の原動力……恋《こい》のしばいの研究をしてきてほしい。」

「こ、恋《こい》のおしばいの研究ですか……。」

ほっとしたのもつかの間、次の収録《しゅうろく》までに大きな宿題ができちゃった。

「よし、次は北村くんのぬき録《ど》りだ。」

里畑さんがスタッフさんに指示《しじ》を出すと、先輩《せんぱい》も「よろしくお願《ねが》いします。」と、ほがらかにあいさつをし、アフレコブースに入っていく。

さっきまでフキゲンだったのに、ちゃんと気持ちを切りかえている。

さすがプロ！　あたしも見習わないと。

「じゃあ、あとはよろしくね。エンタメは心を元気にするんだから、作るがわの僕《ぼく》らも明るく、楽しく！　原石ちゃんもミツキくんの演技《えんぎ》を見ていくといいよ。他の人の演技《えんぎ》や演《えん》技指導《ぎしどう》からもいろんなことが学べるからね。」

あたしの肩《かた》をポンポンとたたいて、社長さんは帰っていった。

エンタメは心を元気にする――前に子ども新聞の記事で読んだことがある。

イヤなことがあっても、好《す》きなアニメとか動画の配信日《はいしんび》を楽しみにガンバったり、音楽や物語に触《ふ》れて、前向きな気持ちになったり――うん、あるあるっ！

先輩《せんぱい》の収録《しゅうろく》を見学するため、あたしは空いていたイスに腰《こし》をおろす。

「では、テストからお願《ねが》いします。」と、里畑さんの指示《しじ》で先輩《せんぱい》の収録《しゅうろく》がはじまった。

先輩《せんぱい》が収録《しゅうろく》するのは『ふたりはステラ＊プリンセス』、略《りゃく》して『ふたプリ』。

ふたりのヒロイン――地球人に生《う》まれ変《か》わった、星の国の王女さまたちが銀河《ぎんが》の平和を守るため、宇宙人《うちゅうじん》・ブラックレオ軍団《ぐんだん》と戦《たたか》う子ども向けのバトルアニメ。

里畑さんが音響監督《おんきょうかんとく》を務《つと》めていて、ユウさんもレギュラー役で出演《しゅつえん》している。

ユウさんの役はブラックレオ軍団《ぐんだん》をまとめる、悪の王子・アルタルフで。

先輩《せんぱい》はアルタルフの弟で、もうひとりの悪の王子・ラサラスを演《えん》じる。

おととい、あたしが『ふたプリ』の収録《しゅうろく》をしたとき、ラサラスの声はまだ入ってなくて、配役表を見て、同じ学校の先輩《せんぱい》が弟役を演《えん》じるんだ……と、おどろいたけど。

まさか今日、スタジオではちあわせして、ヒミツがバレるなんて……。

「は～～～っはっはっは！　地上であがく、虫ケラどもめ！」

先輩《せんぱい》の高笑《たかわら》いがマイクを通じて、コントロールルームに響《ひび》きわたる。

初《はじ》めて見るプロの声優《せいゆう》さんの演技《えんぎ》にぞくっと、とりはだが立つ。

ただぼーっと見てるだけじゃ、もったいないっ。

通学カバンから自分の『ふたプリ』の台本を取り出し、あたしは先輩《せんぱい》のセリフを追う。

「色じかけで兄上をユーワクしているようだが、ボクはまどわされない！」

アルタルフは最初《さいしょ》、完全《かんぜん》な悪役だったけど、ヒロインたちと言葉をかわすなかで自分のおこないは正しいのか迷《まよ》い、ヒロインのひとり・ヒカリにひかれはじめている。

そんな兄の目を覚《さ》まさせるため、登場するのがプライドが超《ちょう》高い弟王子・ラサラス。

でも実はラサラスもこの先、もうひとりのヒロイン・アカリを好《す》きになって、心を入れかえるんだ。そして、ふたりの王子は父親でもあるブラックレオ軍団《ぐんだん》のボス・レグルスに、ヒロインたちとともに立ち向かっていく。

ふたりのヒロインと王子は、原作マンガのほうだと今は超《ちょう》ラブラブ。

だけど、アニメ版《ばん》はまだまだ序盤《じょばん》。ラサラスのセリフはザ・悪役。

「虫ケラどもめ、まとめて始末《しまつ》してやるから、覚悟《かくご》しろ!! は〜っはっはっはっは！」

「北村くん、ハツラツとしてますね。」と、里畑さんの横にいるスタッフさんがつぶやく。

「前に悪役を演《えん》じるのが大好《だいす》きだと言っていたからな……いい演技《えんぎ》だ。本人も楽しみながら演《えん》じているのが伝《つた》わってくる。」

里畑さんの言葉にあたしも心の中でうなずく。

ふだんの生活では言わないセリフを言ったり、高笑《たかわら》いしたり……あたしもいつか、先輩《せんぱい》みたいに豪快《ごうかい》な役をやってみたい。

あたしは生き生きとした先輩《せんぱい》の演技《えんぎ》と里畑さんの演技指導《えんぎしどう》に耳をかたむけた。


次の日のお昼休み。

ハルルと図書室に向かうとちゅう、あたしは「ふぁ〜あ。」と、あくびをひとつ。

「どうしたの、アイ？ 授業中《じゅぎょうちゅう》もうつらうつらしてたけど、夜ふかししたの？」

「うん、ちょっと恋《こい》の研究を……。」

「えぇっ、恋《こい》っ？　アイ、ついに好《す》きな人できたの⁉」

「ちがうの。きのうから突然《とつぜん》、胸《むね》キュンものにハマって……恋愛《れんあい》ものの動画を、ね。」

いつか好《この》みの男子と出会えたら……と思うけど、自分の好《この》みも恋《こい》もよくわからない。

顔の前で両手をふり、あたしはあわてて、ハルルの誤解《ごかい》を解《と》く。

里畑さんからの宿題・恋《こい》のおしばいの研究をするため、きのうの夜から恋愛《れんあい》をテーマにした作品をチェックして、恋《こい》する気持ちを猛勉強中《もうべんきょうちゅう》。

恋愛《れんあい》ものを観《み》ると、胸《むね》はドキドキ、キュンキュンして楽しいけれど、そこからユエルの気持ちを考えるのって、ムズかしい。

「胸《むね》キュンものにハマるのもいいけど、テスト近いんだから、夜ふかしはダメだよ？」

ハルルのマジメなアドバイスに、ピンポンパンポ〜ン♪

校内放送のチャイムが重なる。

『は〜っはっはっはぁっ！　のどかな昼下がり、いかがお過《す》ごしかな？』

スピーカーから聞こえてきたのは、ミツキ先輩《せんぱい》のさわやかボイス。

「北村先輩《せんぱい》の今日二度目の高笑《たかわら》いよっ！」「今日はなにかいいこと、ありそう〜！」

校舎《こうしゃ》のあちこちであがる黄色い声。あたしは首をかしげる。

「あれ、お昼休みの放送って、さっき終わったよね？」

「今日はオマケの放送がある日なのかも。ほら、今日は気分がいいからって、ファンからのリクエスト曲を歌ったり、胸《むね》キュンセリフを言ったりする日、たまにあるし。」

「先輩《せんぱい》、放送部部長の立場を使って、校内放送を私物化《しぶつか》してるよね。」

病院長のお父さんが学校に寄付《きふ》をしている影響《えいきょう》で、先輩《せんぱい》はもう、やりたい放題。

デムカエお出迎《でむか》え、もてなしなしなし♪　と歌ったり、いきなり「アイ・ラブ・ユー。」とささやいたり——高笑《たかわら》いからはじまる先輩《せんぱい》の放送は、うちの学校の名物。

「プロの声優《せいゆう》さんだし、声を聞いてよろこぶ子も多いし……需要《じゅよう》あるんだよ。」

ジュヨウ。ハルルがムズかしい言葉を口にしたとき。

『一年A組の東山アイくん、東山アイくん、至急《しきゅう》放送室まで来たまえ！』

今、あたしのクラスと名前を呼《よ》ばなかった!?

足をピタリと止め、天井《てんじょう》のスピーカーを見あげると。

『くり返す、一年A組の東山アイくん、東山アイくん、至急《しきゅう》放送室まで来たまえ！』

(まちがいない、あたしを呼《よ》び出《だ》してる……！)

「アイ……なにかしたの？」と、つぶらな目をさらに丸くするハルル。

先輩《せんぱい》から呼《よ》び出《だ》される理由に心あたりはある――きのうのことだ。

「ううん、してないよ。なにかのまちがいのはずだから、誤解解《ごかいと》いてくるね！」

(大事な親友なのに、声まね動画のことも、影武者声優活動《かげむしゃせいゆうかつどう》のことも言えなくて、本当にごめんね……！)


まわれ右をして、あたしは放送室を目指して、猛《もう》ダッシュ！

そのあいだも先輩《せんぱい》は歌うようなのびやかな声で、ご指名放送をくり返す。

「いやぁ～～～っ、こんな呼《よ》び出《だ》しかた、やめて！　目立つっ、超目立《ちょうめだ》ってるっっっ‼」

冷《ひ》や汗《あせ》をかきつつ、あたしは階段《かいだん》をかけおりた。


放送部の部室こと放送室は、一階にある。

白いドアの前で心臓《しんぞう》バクバクの胸《むね》をさすりつつ、深呼吸《しんこきゅう》。

中に入ったら、影武者声優《かげむしゃせいゆう》のことできっと怒《おこ》られる。

(きのうも物言いたげな目であたしを見てたし、中に入るのがものすごくコワい。)

「あの子、なにしたの？」「まだ入ったばかりの一年生じゃないか。」

ヒソヒソじろじろ。

呼《よ》び出《だ》されたあたしを一目見ようと放送室前に集まる、大勢《おおぜい》の人たち。

野次馬たちの好奇《こうき》の目にさらされるより、先輩《せんぱい》に怒《おこ》られよう。

覚悟《かくご》を決めて、ドアに手をかけた——そのとき。

「東山〜〜〜っ、だいじょうぶかっ!?」

大きな足音をたて、クラスイチのモテ男子・風見《かざみ》くんが走ってやってきた。

「風見くん、なんでここにっ!?」

「呼《よ》び出《だ》しの放送を聞いて、心配になって……東山、なにしたんだよ?」

「なにもしてないつもりだけど、ちょっと話しあいを……。」

「なら、オレもいっしょに行く。なにかされたら、オレが東山を守るから!」

「いいっ、あたしひとりで平気だし、なにかされたりしないからっ!」

両手を大きくふり、あたしは風見くんの申し出をはね返す。

「あの男子、積極的《せっきょくてき》ね。」

「あの子知ってる!　一年生でサッカー部のレギュラーになった子だよ!」

野次馬たちの目が、興味《きょうみ》しんしんに輝《かがや》いていく。

あわわわわわ、さらに目立ってるっ、もうカンベンして〜っ!

「本当にひとりで平気だから！」

みんなの視線《しせん》から逃《のが》れるように、あたしは放送室に入る。

しんと静《しず》かな放送室にはミツキ先輩《せんぱい》、ひとりだけ。

「失礼《しつれい》します、先輩《せんぱい》。一年A組の東山です。」

窓《まど》ぎわに立つ先輩《せんぱい》におそるおそる、声をかけると……。

「東山くん、きのうはお疲《つか》れさまっ!!」

勢《いきお》いよくふり向いた先輩《せんぱい》がバッと両手を広げ、大またで歩みよってくる。

ラメ入りパウダーをふりまくような、キラッキラの笑顔《えがお》。

（えぇぇぇっ、なになになにっ!?）

予想外の態度《たいど》にこっちは思わず、あとずさり。

それでも先輩《せんぱい》は足を止めなくて、あたしは放送室の壁《かべ》に追いこまれてしまった。

「きのうはアフレコで大変《たいへん》だったのに、ちゃんと登校してエラい。キミこそ生徒《せいと》の鑑《かがみ》っ、キミのために一曲、歌いたいくらいさ！」

「大したことないです、歌わないでくださいっ!!」

先輩《せんぱい》の大きな手が、とまどうあたしの手を取り、ハンドシェイク。

白い歯を見せて、さわやかに笑《わら》う先輩《せんぱい》。

影武者声優《かげむしゃせいゆう》についてはもう怒《おこ》ってなくて、単純《たんじゅん》に話がしたかっただけなのかも。

呼《よ》び出《だ》しかたがハデで身がまえたけれど、それならよかった!

ほっと胸《むね》をなでおろし、あたしも笑《わら》った瞬間《しゅんかん》——ドンッ!

先輩《せんぱい》は握手《あくしゅ》していた手をパッと離《はな》し、その手で強く、壁《かべ》をたたいた。

「キミが大西《おおにし》ユウのなりすましでなく、ひとりの声優《せいゆう》として活動していたら、こんなふうによろこべたのに、ねっ!?」

先輩《せんぱい》の顔からすーっと笑《え》みが消え、切れ長の目がつりあがっていく。

キラキラ笑顔《えがお》のハンドシェイクからの恐怖《きょうふ》の壁《かべ》ドン。

ぴえ~んっ、やっぱりガチぼこレベルで怒《おこ》ってる~~~~~~っ!!

「自分の不調《ふちょう》を隠《かく》し、素人《しろうと》に影武者《かげむしゃ》をやらせる大西ユウも大西ユウだし、それを許《ゆる》す大人も大人だ。なにより! ただの声まねという目立ちたがり素人《しろうと》が人気声優《にんきせいゆう》になりすますなんて……これは大西ユウのファンと声優《せいゆう》という職業《しょくぎょう》にたいする、冒瀆《ぼうとく》だっ!!」

青すじを立て、カンカンに怒《おこ》る先輩《せんぱい》。

あたしはビクビクおろおろ。ヘビににらまれたカエルの気分。

「キミは大西ユウが汗水流《あせみず》し、努力《どりょく》して築《きず》いた地位《ちい》をそのまま奪《うば》うつもりだろう？」

「そ、そんなつもりはありません……大好《だいす》きなユウさんの声が出なくなって、こまってると聞いて、ファンとして力になりたかったんです！」

「なら、彼《かれ》の声が出るようになったら、キミはすぐになりすましをやめるんだね？」

「もちろん、ですっ！」

あたりまえの質問《しつもん》に力強く、すぐうなずいた——はずなのに。

声がゆれた、心もゆれた。

ユウさんの影武者《かげむしゃ》でいるのは、ユウさんの声がまた出るようになるまで。

天条さんから影武者《かげむしゃ》の話を聞いたときから、わかっていること。

なのに、自分でもビックリするくらい、胸《むね》がぎゅうっと苦しくなる。

動揺《どうよう》を隠《かく》し、先輩《せんぱい》に影武者《かげむしゃ》になった理由を説明《せつめい》する。

「クラスのみんなからヘンな声、オッサン声と笑《わら》われるあたしの声も、だれかの役に立てるんだってうれしくて……スタジオでは里畑さんに注意されてばかりだけど、メモで『キミだけが頼《たよ》り』と、伝《つた》えてくれたユウさんの期待にこたえたい、守りたいんです！」

ユウさんからのメモは宝物《たからもの》でおまもり。今は生徒手帳《せいとてちょう》にはさんである。

生徒手帳《せいとてちょう》を入れた制服《せいふく》のポケットに手をあて、あたしは先輩《せんぱい》を見あげる。

「お願《ねが》いします、影武者《かげむしゃ》の話はゼッタイヒミツなんです。なんでもしますから、このことは学校の人たちには言わないでくださいっ！」

先輩《せんぱい》が声優《せいゆう》として活動しているのは前から知っていたけど、まさかスタジオではちあわせして、そこからヒミツがバレるなんて……！

なんとしても、あたしたちのヒミツは守りぬかないと！

「へえ、なんでもする……その言葉に二言《にごん》はないね？」

「はいっ、ありません！」

あたしがうなずいた瞬間《しゅんかん》、ニヤリ――先輩《せんぱい》が悪い笑《え》みをうかべる。

うっ、とてもイヤ〜な予感。

「それならキミには、オニになってもらうよ？」

「オ……オニ、ですか？」

唐突《とうとつ》な言葉にあたしは目をぱちくりさせる。

「ボクの家が北村総合病院という大きな病院だという話は、知ってるよね？」

「もちろんです。とても有名ですし、おばあちゃんがお世話になった病院なので。」

「あさって、入院中の子どもたちのために桃太郎《ももたろう》のおしばいをするんだ。そこでボクはオニを演《えん》じるんだけど、人手が足りなくてね……オニがひとりじゃもりあがらないし、キミを試《ため》すにはグッドタイミングッ、ちょうどいい機会《きかい》だろう？」

あたしを試《ため》す。

先輩《せんぱい》の意味ありげな笑《え》みに、あたしはゴクリと生つばを飲みこむ。

「当日、キミの演技《えんぎ》がヒドかったら……大西ユウの影武者《かげむしゃ》をやっていることを、学校だけでなく世間にもバラす！」

「そ、そんな……どうやって!?」

「証拠《しょうこ》なら、ちゃんと撮《と》ってあるからね！」

先輩《せんぱい》が見せてきたスマホには、里畑さんからダメ出しされまくり、ヘコむあたしとその様子を見守るユウさんのすがた――きのうのアフレコ中の動画が再生《さいせい》されている。

もし、この動画がネットで公開されたら、大さわぎになる。

「声優《せいゆう》の仕事はマイクの前に立って、台本どおりに演《えん》じるだけじゃない。キミは昔の女優《じょゆう》の孫《まご》みたいだけど、ちゃんとおしばいができなければ、ただの素人《しろうと》。ババアの七光りと大西ユウの力でつけあがる、目立ちたがりのお調子者だ！」

ババアの七光りって……ヒドい言いかた、おばあちゃんにもユウさんにも失礼《しつれい》だよ！

とはいえ相手は先輩《せんぱい》。あたしは声の代わりに目で訴《うった》える。

「やります……桃太郎《ももたろう》のオニ役、やらせてください！」

ユウさんのヒミツとおばあちゃんの名誉《めいよ》は、あたしにしか守れない——負けられない！

先輩《せんぱい》は満足《まんぞく》げにうなずき、あたしからすっと離《はな》れる。

「いい返事だ、これが劇《げき》の台本さ。」

先輩《せんぱい》から、表紙に桃太郎たちのイラストが描《か》かれた、うすい冊子《さっし》をもらい、中を開く。

まずは配役表。桃太郎、イヌ、サル、キジ役は病院の子どもたちがやるみたい。

そして、次のページには「オニめ、覚悟《かくご》しろ！」という桃太郎のセリフ。

「えっ……はじまった瞬間《しゅんかん》から鬼《おに》が島《しま》での戦《たたか》いなんですか？」

「子どもたちの中には長い時間、活動するのが大変《たいへん》な子もいるから、これでいいのさ。これはアフレコでなく劇《げき》だから、セリフはしっかりおぼえてきてくれたまえ。」

いきなり決戦《けっせん》、クライマックスからはじまる桃太郎。

展開《てんかい》の速さにおどろくけど、これならきっと、なんとかなる！

「キミの演技力《えんぎりょく》、見極《みきわ》めさせてもらうからね。ボクや子どもたちがガッカリするような演《えん》技《ぎ》をしたら……わかってるよね？」

言葉じりを強め、またズンズンと歩《あゆ》み寄《よ》ってくる先輩《せんぱい》。

優雅《ゆうが》な歩きかただけど、冷《つめ》たい笑《え》みは悪の王子・ラサラスそのもの！

「わかってます、ちゃんとわかってますっ!!」

圧《あつ》に負け、あわててうしろにさがったせいで、ゴンッッッ!!

あたしは思いっきり、後頭部を壁《かべ》に打ちつける。

「うぅ、超《ちょう》イタい。」と、うめいたとき。

「東山ぁあああああっ、だいじょうぶかっ!?」

スパーーーンッ！

放送室のドアを勢《いきお》いよく開けて、風見くんが中に飛《と》びこんできた。

「風見くんっ、まだいたの!?」

「いたよ、東山が心配で放送室のドアをちょびっと開けて、中の様子を見守ってた。」

「清《きよ》く正直者のボクに失礼《しつれい》な。そういうキミはのぞき魔《ま》かい？」

「のぞき魔《ま》じゃないっ。もてなしの術《じゅつ》、その十四っ、見守りの術《じゅつ》だっ！」

（それ、お兄ちゃんと観《み》てた戦隊《せんたい》モノのネタ……って、今はそれどころじゃなくて。）

先輩《せんぱい》に視線《しせん》をもどすと、彼《かれ》は興味深《きょうみぶか》そうな顔で風見くんを見ていて。

「それでキミはだれ？　東山くんの知りあい？」

「東山のカレシ立候補中《りっこうほちゅう》の風見レントだ！」

「えっ、初耳《はつみみ》!?　あたしにとってはただのクラスメイトです。」

あの誤解《ごかい》の声援《せいえん》からカレシ候補《こうほ》まで自称《じしょう》するの!?　もうカンベンして〜っ！

「……なるほど。脈《みゃく》なし片思《かたおも》い中《ちゅう》のクラスメイトくんね……ん？　一年生の風見くん？」

先輩《せんぱい》はすこし考えてから、ポンッと手を打つ。

「サッカー部に入って、すぐ大かつやく中の一年生だね！　背《せ》は低《ひく》いけど、身長もふくめて、のびしろのある有望選手《ゆうぼうせんしゅ》の。」

「身長は毎日牛乳《ぎゅうにゅう》飲んで、これからのびるんだよ！」

目を三角にして、風見くんは今にも噛《か》みつきそうな勢《いきお》いで怒鳴《どな》り返《かえ》す。

「風見くん、落ち着いて。三年生の先輩《せんぱい》にその態度《たいど》はマズいよ。」

小学校とちがい、中学校は先輩後輩《せんぱいこうはい》の上下関係《じょうげかんけい》や言葉づかいにキビしい。

あわてて彼《かれ》の制服《せいふく》のすそを引っぱると。

「うっ、そうだった……すみません。」

風見くんはすなおに先輩《せんぱい》に謝《あやま》る――と、あたしが持つ台本に興味《きょうみ》をしめす。

「東山、それは？」

「これはあさって、先輩《せんぱい》といっしょにオニをやることになって……。」

「オニ？　先輩《せんぱい》、東山になにさせるつもりだ……えっと、なにさせるつもりですか？」

「東山くん、説明《せつめい》がまったく足りてないよ。あさって、うちの病院に入院する子どもたち向けのお楽しみ会があって、ボクたちは桃太郎のオニ役で参加《さんか》するのさ。もしヒマだったら、風見くんもボクと東山くんといっしょにオニ役で参加《さんか》するかい？」

「東山といっしょに……やりますっっ！」

目をキラリと輝《かがや》かせ、即答《そくとう》する風見くん。

「ええぇえっ、先輩《せんぱい》っ、風見くんはおしばいの試練《しれん》もなにも関係《かんけい》ないですよ!?」

「もうひとりくらい、オニ役がいたほうがもりあがるからね。彼《かれ》にやる気があるなら、大《だい》歓迎《かんげい》さ！」

「で、でも風見くんは毎日部活でいそがしいし……。」

「あさっては週一回の部活休みの日だから平気。人を楽しませるの、オレ大好《だいす》きだし……小四まではカルチャーセンターのおしばい教室通ってたから、すげ～興味《きょうみ》ある！」

「えっ、風見くんもおしばいの勉強してたの……じゃなくて、せっかくのお休みでしょ、テストも近いんだよ？　勉強はいいの？」

あたしもテスト勉強、全然《ぜんぜん》できてないけど、風見くんといっしょに行動するなんて。

クラスの子たちに知られたら、さらに誤解《ごかい》されて、ますます肩身《かたみ》がせまくなる。

(風見くん、お願《ねが》いっ！　理由はなんでもいいから、とにかく断《ことわ》って！)

目で訴《うった》えるけど、彼《かれ》は「平気！」と、やる気満々《まんまん》でうなずく。

「よし、決まりだ。ボクらは鬼が島のオニ三兄妹《きょうだい》でボクが長男でボスさ。ふたりでしっかり練習して、あさっての夕方四時にうちの病院まで来てくれたまえ。」

先輩《せんぱい》の声に五時間目開始のチャイムが重なる。

放送室を出たあたしと風見くんは、一段飛《だんと》ばしで一気に階段《かいだん》をかけのぼる。

二階につくと、風見くんがくるりとふり返った。

「なあ東山、劇《げき》の練習、いつする？　オレ、今日と明日の放課後《ほうかご》は部活があるから、明日の昼休みにどう？」

台本はあたしがもらった一冊《さつ》だけしかない。

風見くんとふたりで行動したくないけど、本番で失敗《しっぱい》して、ユウさんとあたしのヒミツを先輩《せんぱい》にバラされるほうが、もっとこまる――よし、覚悟《かくご》を決めた！

「じゃあ、明日のお昼休み、体育館の裏《うら》で練習しようよ。声を出して練習するなら、教室より外のほうがいいし、校庭や体育館はみんなが遊んでいて、さわがしいから。」

それらしい説明《せつめい》をしたけれど、クラスのみんなに見られたくないのが本音。

でも風見くんは「うん、わかった。」と、納得《なっとく》してくれた。

「あたし、急いで寄《よ》るトコあるから、風見くん、先行ってて。」

トイレを指さし、風見くんと別《わか》れたあたしは洗面所《せんめんじょ》の鏡《かがみ》の前でため息をひとつ。

（なんだか、ややこしい話になっちゃった……。）

だからといって、失敗《しっぱい》は許《ゆる》されない。ユウさんとのヒミツ、必《かなら》ず守らないと！

鏡《かがみ》に映《うつ》る自信《じしん》なさげな自分に向かって、あたしはニコッと笑《わら》いかけた。


放課後《ほうかご》。今日も部活のハルルとは教室で別《わか》れ、ひとりで下校する。

校門を出て、スマホのスイッチを入れると、プルル！

すぐに新着メッセージのおしらせが出た――ユウさんからだ！

『ミツキと同じ学校だったよね？　きのうのことでなにか言われたりしなかった？』

はい、めっちゃ言われました……って、正直に話したほうがいいのかな？

迷《まよ》っていると既読《きどく》マークがついたからか、ユウさんからまたメッセージがとどいた。

『今から会える？　場所はアイのお母さんが働《はたら》くカラオケ店で。』

急いでママのお店に向かうと、店番中のママが「彼《かれ》は二〇二号室よ。」と、教えてくれた。

二〇二号室のドアをノックする前に、のぞき窓《まど》から中をそっと確認《かくにん》する。

部屋の中にはキャップを深くかぶり、丸メガネとマスクをつけた人がひとり。

「ユウさん……かな？」

ドアの前で二の足を踏《ふ》んでいると、中の人が顔をあげ、あたしを手まねきした。

『外を出歩くための変装《へんそう》。こうすれば大西ユウだと気づかれないから。』

部屋に入ると、ユウさんがそうメッセージを送ってきて、変装《へんそう》を解《と》く。

キャップにも布《ぬの》マスクにも、前にもらったメモと同じ、ジンベイザメのゆるキャラ・ジンベーちゃんがプリントされている。

「ユウさんって、ジンベーちゃん好《す》きなんですか？　あたしも大好《だいす》きなんです！」

気になって聞いてみると、コクリ。ユウさんが照《て》れくさそうにうなずく。

（ユウさんってクールで自信家《じしんか》だけど、実はかわいいもの好《ず》きなんだ！）

そのギャップに思わず、キュンとなる。

『それで今日、学校で北村ミツキとなにがあったの？』

「え、えーっと……それは、ですね。」

単刀直入《たんとうちょくにゅう》に聞かれ、あたしは目を泳がせる。

ユウさんはじーっ。さぐるようなまなざしで見つめつづけてくる。

うっ、なにもなかったと言って、ぜんぶは隠《かく》しきれそうもない。

「声優《せいゆう》として、ちゃんとおしばいができるなら、あさって、病院の子どもたち向けのイベントがあるから、オニ役で桃太郎のおしばいに出てと頼《たの》まれて……クラスメイトの風見くんといっしょに出ることになりました。」

考えながら話して、桃太郎のおしばいに参加《さんか》することだけを伝《つた》える。

声が出なくなって大変《たいへん》なときに、余計《よけい》な心配も迷惑《めいわく》もかけたくない。

あたしはユウさんの影武者《かげむしゃ》、必《かなら》ずユウさんを守ってみせる――！　なのに。

『それで？　参加《さんか》を断《ことわ》ったり、おしばいがヘタだったら、僕《ぼく》らのヒミツをバラすと？』

「えぇえええっ、どうしてわかるんですか!?」

『合格《ごうかく》は僕《ぼく》のほうが一年早いけど、同じオーディションで声優《せいゆう》になった、同い年の相手だから……よく突《つ》っかかってくるし、彼《かれ》のしそうなことはなんとなくわかる。それで風見って子はどんな子？　僕《ぼく》たちのこと、バレてない？』

けわしい表情《ひょうじょう》のユウさんに、あたしは「た、たぶん。」と、うなずく。

放送室に入ってきた風見くんの様子から、会話までは聞こえてなかった……はず。

「風見くんは同じクラスの子で、二か月半前のサッカー部の試合《しあい》の日、あたしの声援《せいえん》のおかげで決勝点が決められたからって、よく話しかけてくるようになったんです。あたしはそんな声援《せいえん》、した覚《おぼ》えないんですけど……。」

『その子の写真、ある？　どんなやつか気になる。』

「写真はないです……心配かけて、本当にごめんなさい！　台本をもらったので、しっかり練習して、ユウさんのヒミツと名誉《めいよ》を守りますっ！」

おばあちゃんの名誉《めいよ》のためにも、ガンバるんだから！

あたしはカバンから、桃太郎の台本を取り出し、ユウさんに手わたす。

彼《かれ》は台本を開くと、うっと顔をしかめた。

四ページだけの短い台本。あたしたちが演《えん》じるオニのセリフは、

「ハ〜〜〜ッハッハッハ！　よく来たな、桃太郎！」

「ハハハハハ〜〜ァッ！　この世にあるお宝《たから》はみんな、オレたちのものだ。」

「お宝《たから》は決して渡《わた》さんぞ、ガ〜〜〜ッハッハッハ！」

と、短くてシンプルなものばかり。しかもどのセリフも高笑《たかわら》いつき。

『あいつ好《ごの》みの台本だね。』

ミツキ先輩《せんぱい》の好《この》みでも、ヒミツを守るため、演《えん》じるしかない――まさに試練《しれん》。

まずは練習あるのみっ！

「ちょっとやってみますね……ハーハハハッ！　よく来たな、桃太郎！」

ここはカラオケルーム。あたしはお腹《なか》の底《そこ》から思いっきり声を出す。

（うーん……先輩《せんぱい》のような、キレのある高笑《たかわら》いにはほど遠いかも。もう一度っ！）

「お宝《たから》は決して渡《わた》さんぞ、ガーッハッハッ……げほっ、ごほっ！」

のどに力をこめた瞬間《しゅんかん》、急に苦しくなり、あたしはむせる。

『下を向いて、台本を見てるせいだよ。セリフをおぼえて、顔をあげれば、のどが開いて、声が出やすくなる。』

ユウさんのアドバイスどおり、前を見て、高笑《たかわら》いをしてみると。

「ハ～ハッハッハ！　ガ～ッハッハハ！」

さっきよりも勢《いきお》いのある高笑《たかわら》いができた！

「やったっ、さすがユウさん！　これならなんとかなりそうですね！」

『そうかな？　最初《さいしょ》のセリフ以降《いこう》はアドリブって書いてあるよ？』

「えっ、アドリブ？」

あたしが首をかしげると、ユウさんが台本を指さす。

【桃太郎たちがきびだんご玉をぜんぶ投げ終えるまで、以下《いか》アドリブ】

「アドリブって、台本にないセリフをその場で考えてしゃべるんですよね？」

『そう。北村ミツキが演技力《えんぎりょく》を試《ため》すのは、アドリブの部分でだと思う。声優《せいゆう》はマイクの前でのおしばいが基本《きほん》だけど、声優《せいゆう》も俳優《はいゆう》も同じ、おしばいのスペシャリスト。声優《せいゆう》の仕事をしながら、舞台《ぶたい》に立つ人もたくさんいるし、最近《さいきん》はドラマやバラエティとテレビ番組に出演《しゅつえん》する機会《きかい》も増《ふ》えてきたから、アドリブは大事だよ。』

ハルルが大ファンの声優《せいゆう》さんは、もう何回かバラエティ番組に出ている。

（声が治《なお》ったら、ユウさんにもテレビに出てほしいな……。）

心の奥《おく》で願《ねが》いつつ、あたしはユウさんから台本を受けとる。

「声優《せいゆう》さんでも俳優《はいゆう》さんでも、アドリブの勉強は必要《ひつよう》なんですね。」

『アドリブ、ちゃんとできるの？』

うっ、まったく自信《じしん》ない。

この前のぬき録《ど》りのときにも『アドリブ』と、台本に書かれていたけど、うまくできなくて……結局《けっきょく》、里畑さんや監督《かんとく》さんが考えたセリフをしゃべった。

『収録《しゅうろく》になれて、演《えん》じるキャラをもっと理解《りかい》できたら、すっと出てくるようになるよ。』

と、監督《かんとく》さんは笑顔《えがお》ではげましてくれたけど、このままじゃ、ダメ。

アドリブ、あさっての本番までにできるようにならないと……！

「まずはやってみます。えーっと……ぐわ、あああっ、桃太郎め、なんて強さ、だ！」

台本にないセリフを考えつつ、胸《むね》をおさえ、苦しむオニを演《えん》じるも、じとーっ。

あきれたようなまなざし。ユウさんの反応《はんのう》はすこぶる悪い。

「これではお宝《たから》が守れない、えーっと……イヤだ！」

セリフを考えながら演《えん》じているから、すべての動作がぎこちなくなる。

『まずは鬼《おに》が島《しま》にいるオニがどんなオニなのか、想像《そうぞう》してみよう。』

ユウさんの提案《ていあん》にあたしは一度、ソファに腰《こし》をおろす。

鬼が島のオニたちは、自分たちは無敵《むてき》だと思っていて、毎日、自由にやりたい放題。

そんなある日、桃太郎たちが鬼が島に突然《とつぜん》やってきて……。

オニたちは健闘《けんとう》むなしく、桃太郎たちに負け、宝物《たからもの》を奪《うば》われてしまう。

もちろん、これは悪役・オニの目線での話。

『キミが鬼が島のオニだったら、どんな気持ちになる？』

「ショックでくやしい……宝物《たからもの》はゼッタイに渡《わた》したくないと思って戦《たたか》う、かな？」

目を閉《と》じて、イメージを広げる。

アドリブのシーンは、オニたちが必死《ひっし》に宝《たから》を守ろうとしている場面。

せまる桃太郎たち、オニは宝物《たからもの》を守るため、両手を広げて、仁王立《におうだ》ち。

「この宝《たから》はあたしたちが集めたんだっ、持っていかれてたまるかぁぁぁっ！」

パチパチ、パチ――拍手《はくしゅ》の音に目を開けると、ユウさんが小さくうなずく。

『今のはよかった。そうやって、今までオニはどういう生活をしてきたか、イメージをふくらませて、そこから考えついたセリフを台本にメモしておけば、うまくいく。』

「えっ、アドリブなのにセリフを書いておいてもいいんですか？」

『即興《そっきょう》でしゃべるのはむずかしくて、いきなりはできない。台本にセリフが書いてないか

ら、あせる。本番で演技《えんぎ》がぎこちなくなるよりはいいよ。』

そうだよね。桃太郎のおしばいは、あたしの演技力《えんぎりょく》を試《ため》す場所なんだから。

考えたセリフを台本に書いてから、すっと立ちあがる。

「ユウさん、こんなのもどうですか？　おのれ桃太郎っ、くたばれぇぇぇぇぇっ！」

まるめた台本を武器《ぶき》がわりにして、頭上にふりあげたとき。

「はーい、ふたりにさしいれよ〜！」

部屋のドアが開いて、ママが飲み物とおかしを運んできてくれた。

腕《うで》をふりあげたままのあたしを見て「あら、特訓中《とっくんちゅう》？」と、ママはまばたきをする。

「うん。あさって、三年生で声優《せいゆう》の北村先輩《せんぱい》の病院で、子どもたち向けのイベントがあって……そこで桃太郎のオニ役をやることになったんだ。」

「北村先輩《せんぱい》って、北村総合病院《そうごうびょういん》のひとり息子《むすこ》って子？」

「うん、そう。ママ、先輩《せんぱい》を知ってるの？」

「Kプロに所属《しょぞく》する新人がアイの学校の三年生だって、この前、ゆりえってぃと電話したときに聞いたのよ。院長の息子《むすこ》だから将来《しょうらい》は医者になって、病院を継《つ》ぐと決まっていて、活動は高校生までの条件《じょうけん》つきで契約《けいやく》したって。今度はじまるアニメのレギュラーが決まったり、力をつけているのに期限《きげん》つきはもったいないと、ゆりえってぃが嘆《なげ》いていたわ。」

将来《しょうらい》はお医者さん、しかも大病院の院長。

「勉強とか大変《たいへん》そうなのに、先輩《せんぱい》はどうしてオーディションを受けたのかな？」

つぶやいた数秒後、テーブルに置《お》いたままのスマホが震《ふる》えた。

『ボンボン坊主《ぼうず》の道楽。考える必要《ひつよう》ないから。』

ユウさん、ボンボン坊主《ぼうず》の道楽って……先輩《せんぱい》のババア発言に通じる、ヒドい言いかた。

ユウさんのそっけないメッセージに、あたしとママは顔を見あわせる。

同じオーディションで夢《ゆめ》をかなえた、同じ事務所《じむしょ》の同い年で『ふたプリ』でも共演中《きょうえんちゅう》。

（ふたりはいいライバルになれそうなのに、あまり仲《なか》よくなさそう……。）

フクザツな気持ちで、あたしはママが運んできたおかしに手をのばした。


次の日のお昼休み。あたしは体育館裏《たいいくかんうら》で風見くんを待っていた。

（遅《おそ》い……約束《やくそく》、わすれてるのかな？）

そもそもミツキ先輩《せんぱい》は、どうしてなんの関係《かんけい》もない風見くんをさそったんだろう。

やきもきしていると「ごめん、遅《おく》れた！」と、風見くんが走ってやってきた。

「なかなか追っ手をふりきれなくてさ。」

「追っ手？」と聞き返した、その直後。

「レントくーん、待って〜っ！」

わたりろうかから響《ひび》く、女子のあまい声と複数《ふくすう》の足音に心臓《しんぞう》がイヤな脈《みゃく》を打つ。

（追っ手って、風見くんファンの女子たちのこと⁉）

いっしょにいるところを見られたら、またなにか言われちゃう。

よりによって今、ゼッタイ会いたくない子たちを連《つ》れてくるなんて、風見くんってば！

「風見くん、あたし、ちょっと隠《かく》れてるから！」

あたしが倉庫《そうこ》のかげに隠《かく》れると「オレも。」と、風見くんまでついてきた。

「えっ、どうして？　あの子たちは風見くんに用があるんだよ？」

「今は東山とオニ役の練習をする時間だし、東山は他の女子と仲《なか》よくないみたいだから。」

（それは風見くんのせいだよ！）

さけびたい気持ちをグッとこらえ、あたしはくちびるを噛《か》みしめる。

中学校に入学してしばらくは、あたしも他の子たちとふつうに話してた。

二か月半前、みんなでサッカー部の試合《しあい》を見に行くまでは。

風見くんがかん違《ちが》いしたために、ハルル以外《いがい》の友だちから距離《きょり》をおかれてしまった。

今、風見くんをさがしている子のひとりはかつて、あたしの声を「クールでいい！」と、ほめてくれた。なのに今は「オッサン声。」「いつも怒《おこ》ってるみたいでこわい。」と、手のひらを返されて、すごく悲しい。

「レントくーん、どっこ〜？」

すぐ近くでまた声がした。このままだと、見つかっちゃう！

（もうっ、早くあっちに……そうだ、こういうときこそ！）

あたしは持っていた桃太郎《ももたろう》の台本の裏《うら》にペンを走らせ、風見くんに見せる。

彼《かれ》がうなずくのを待ってから、ふたりで倉庫《そうこ》と校舎《こうしゃ》の間の細い道をぬけ、わたりろうかの先にある、手洗《てあら》い場《ば》のかげに身をひそめる。

目と目で息をあわせ、この低《ひく》い声をさらに低《ひく》くして、作戦《さくせん》スタート！

「風見ぃ、たまには校庭でバスケやろうぜ〜！」

「おう、やろうやろう！」

「ねえ、風見くんたち校庭でバスケやるって！」

「うん、応援《おうえん》しに行こっ！」

あたしたちが隠《かく》れる手洗《てあら》い場《ば》を通りすぎ、ファンの子たちは校庭に走っていく。

風見くんは本人役、あたしは友だち役。

短いやりとりで、ファンの子たちを校庭に向かわせるアドリブ作戦《さくせん》、大成功《だいせいこう》！

「やったね！」と、小声でよろこんでいると、ひらひらと青っぽいシジミチョウが飛《と》んできて、風見くんが「わっ！」と、おどろく。

そして、ぐらり——バランスをくずし、あたしの足元に両手をつく。

あわわっ、距離《きょり》近っ！　心臓《しんぞう》がドキンと大ジャンプ！

くりっとした目に小さな鼻、かわいい系《けい》の整った顔。

みんなが「身長以外《いがい》は文句《もんく》なし！」と、推《お》すのも納得《なっとく》。

そんな風見くんは顔だけでなく、耳まで赤くして、胸《むね》のあたりをさすっている。

「あ、虫……じゃなくて、東山に風見って呼《よ》び捨《す》てされるのが新鮮《しんせん》で……。」

「アドリブとはいえ、いきなり失礼《しつれい》だったよね。ごめんね！」

謝《あやま》ってから体育館の裏《うら》にもどり、あたしは桃太郎の台本を風見くんに見せる。

「この台本、おぼえるセリフがあるのは、最初《さいしょ》と最後《さいご》だけで、あとは子どもたちがきびだんご玉を投げ終わるまで、ほとんどアドリブなの。」

「わ、ホントだ……でも、この手書きの『桃太郎、くたばれ。』と『死ねぃ！』は、相手が子どもだし、場所も病院だから、セリフだとしてもよくないかも。」

「たしかに……くたばれや死ねはバトルもので聞くセリフだけど、入院中の子どもたちとのおしばいで言うのには、向いていないかも……風見くん、よく気づいたね。」

「アドリブのコツはどんな演技《えんぎ》をすれば、その場がもりあがるか。演《えん》じる場所や空気を考えるのも大切だって、前に通ってたおしばい教室の先生が話してたんだ。」

サッカー少年の風見くんからおしばいの話が聞けるなんて、意外っ。

「風見くんもおしばい教室、通ってたんだよね？」

「うん。サッカー選手《せんしゅ》になると決めたときにやめたけど、すごく楽しかった。オニの三兄《きょう》妹《だい》のセリフのアドリブか……先輩《せんぱい》がやる兄さんオニとの関係《かんけい》も考えたセリフがいいだろうな。先輩《せんぱい》はどんな兄さんオニを演《えん》じると思う？」

風見くんからの突然《とつぜん》の質問《しつもん》。

笑顔《えがお》からの壁《かべ》ドン——あたしはきのうのお昼休みの体験《たいけん》を思い出して。

「上から目線でコワそう……あと高笑《たかわら》いしたり、歌いだしそう。」

「だよな、先輩《せんぱい》も自分が長男でボスって言ってたし……イバりまくりのオレ様オニで、オレたちはビビってそうだよな。よし、オレだったら。」

風見くんは一歩前に出ると、片手《かたて》を前に突《つ》き出《だ》し、歌舞伎役者《かぶきやくしゃ》みたいなポーズを取る。

「兄キは日本一強くてコワいんだ、桃太郎だろうと金太郎《きんたろう》だろうと、負けねーぞっ！」

「わあっ、いいカンジ！　おしばい教室の経験《けいけん》が生きてるね！」

鼻をこすり、ニカッと歯を見せて笑《わら》う風見くん。

もしかしたら彼《かれ》、あたしよりもアドリブ、上手なんじゃ……負けられないっ！

「兄ちゃんにコテンパンにされる前におうち……いや、桃《もも》の中に帰れ～！」とかとか。

風見くんとセリフを言いあい、あたしたちはアドリブの完成度《かんせいど》を高めていった。


次の日はいよいよ本番。

放課後《ほうかご》、あたしは駅で風見くんが来るのを待っていた。

彼《かれ》からは帰りのHR《ホームルーム》が終わったら、学校からいっしょに行こうとさそわれたけど、寄《よ》る場所があると言って、待ちあわせ場所は駅の改札前《かいさつまえ》にしてもらった。

（同じクラスなのに、カンジ悪かったかな……？）

「そうなんだ。」と、うなずいたときの風見くんの顔、ちょっとさびしげだった。

コソコソしてる自覚《じかく》はあるけど、一年A組の子たちにこれ以上《いじょう》、誤解《ごかい》されたくない。

今だって、クラスのだれかと会わないか、ハラハラしてる。

そのとき、ポケットに入れていたスマホがブルルと震《ふる》えた――ユウさんからだ。

『北村ミツキの劇《げき》の本番、今日だったよね？　うまくできそう？』

『ガンバってきます！』と返信《へんしん》し、ジンベーちゃんのOKスタンプもいっしょに送る。

『僕《ぼく》らのヒミツを守れるかはアイの演技次第《えんぎしだい》。でも、余計《よけい》なことはしないでね。』

余計《よけい》なことって、なんだろう……？　と、あたしが首をかしげていると。

「東山、お待たせ！」と、風見くんが走ってやってきた。

『気をつけます。』と返信《へんしん》して、あたしはスマホをポケットにしまう。

ふたりで自動改札機《じどうかいさつき》を通り、電車に乗ると、風見くんが口を開いた。

「東山は休みの日って、なにしてるの？　オレはタブレットでずっと動画観《み》てる。」

「あたしもそうだよ、動画観《み》てるとあっという間に時間すぎるよね。」

「そうそう、時間がとけてく。で、どんなの観《み》る？　オレのイチオシは『もてなし戦隊《せんたい》デムカエンジャー』だけど、東山、知ってる？」

あたしが「うん。」とうなずくと、風見くんは「マジで!?」と、大きな目を輝《かがや》かせる。

『もてなし戦隊《せんたい》デムカエンジャー』は三年前に放送された、すこし変《か》わった特撮《とくさつ》もの。

ヒーローたちは団子刀《だんごがたな》やおせんべい手裏剣《しゅりけん》などを使い、ウラオモテ怪人《かいじん》たちと戦《たたか》いつつも、彼《かれ》らを倒《たお》すのではなく、最後《さいご》は温かいおもてなしの心で悪の心を入れかえさせる。

声優《せいゆう》になる前、ユウさんが、もてなし小僧役《こぞうやく》として出演《しゅつえん》しているのもポイントで、ユウさんのファンになってから、もう一度配信《はいしん》で見返したんだ。だから。

「おととい、放送室に入ってきたときに風見くんが言った『もてなしの術《じゅつ》』も『もてなし戦隊《せんたい》』のセリフだよね？」

「そう！　北村先輩《せんぱい》、昼休みの放送でたまに『もてなし戦隊《せんたい》』の主題歌を歌うだろ？　もてなしの術《じゅつ》って言ったら、ウケるかなと思ったのに、スルーされちった。」

風見くんはひょいっと肩《かた》をすくめる。先輩《せんぱい》がお昼休みの放送でときどき歌う「デムカエお出迎《でむか》え、もてなしなしなし♪」は、『もてなし戦隊《せんたい》』オープニング主題歌の歌いだし。

「あたしも気になってるけど、先輩《せんぱい》だと気軽に好《す》きなんですかって、聞きづらいよね。」

「東山は『もてなし戦隊《せんたい》』のどこが好《す》き？　オレは悪役も温かく、もてなすところ！」

「あたしはもてなし小僧《こぞう》がおもてなしの時間だよって、ヒーローたちを呼《よ》ぶシーン！」

毎回お約束《やくそく》のシーンだけど、ユウさんにとって最大《さいだい》の見せ場だから。

（風見くんと『もてなし戦隊《せんたい》』の話でもりあがるなんて、びっくり！）

『もてなし戦隊《せんたい》』の話をしていたら、あっという間に北村総合病院の最寄り駅《もよりえき》についた。

電車をおりて、改札《かいさつ》を出る。駅前には商店街《しょうてんがい》が広がっていて、その先に『北村総合病院』の看板《かんばん》がかかげられた高いビルが見えた。

「いつ見ても大きいね！　病院というよりビルみたい。」

歩きはじめた矢先、「東山は右側《みぎがわ》を歩いて。」と、風見くんがあたしの横にならんだ。

「えっ、なんで？」

首をかしげたとき、風見くんのスレスレを一台の車が走《はし》り抜《ぬ》けていった。

「もう、あぶないな～！」

「この道、ガードレールがないからキケンだよな。気をつけて行こうぜ。」

キケンと言いながら、風見くんは車道側《しゃどうがわ》を歩いている。

（もしかして今、あたしを車から守ってくれたの……？）

そんな親切、初《はじ》めて！　……半信半疑《はんしんはんぎ》だけど、ちょっとうれしい。

胸《むね》をムズムズドキドキさせつつ、あたしは風見くんの横顔を見つめる。

「もしかして今、オレのこと、チビで頼《たよ》りないとか思ってる？」

「そんなこと、一ミリも思ってないよ！　優《やさ》しいなぁって思っただけ。」

「えっ……な、なにが？」と、首をかしげながら、顔を赤くする風見くん。

彼《かれ》の身長はクラスの男子の中で一番低《ひく》くて、実はあたしよりもすこし低《ひく》い。

あたしが自分の低《ひく》い声になやんでいるように、風見くんは身長になやんでいるんだ。

そう考えたら、親近感がわいてきて、はげましたくなった。

「風見くんが人気者なのは、気くばり上手だからなんだね。」

「試合《しあい》で活躍《かつやく》してるからってだけのミーハーな子ばかりだよ。身長にケチつけるやつ、多いし……。」

「そんな……見た目より中身で風見くんを見てくれている子も、ちゃんといるよ。」

その直後、ピタリ——風見くんは突然《とつぜん》、横断歩道《おうだんほどう》のまん中で足を止めた。

一歩前に進んでから、あたしはふり向く。

今にも泣《な》きそうな、くやしげな顔で、風見くんはじっとあたしを見つめている。

「東山はオレを見てくれないのか……？」

彼《かれ》の問いかけで、胸《むね》のドキドキがズキズキに変《か》わる。

「それは、風見くんのかん違《ちが》いがきっかけだから……。」

した記憶《きおく》のない声援《せいえん》、その誤解《ごかい》から離《はな》れていった友だち、はじまった悪口。

この二か月半で、あたしを取りまく環境《かんきょう》は大きく変《か》わり、心はたくさん傷《きず》ついた。

ユウさんの影武者《かげむしゃ》をするきっかけになった声まね動画も、この変化《へんか》のおかげだけど。

だからって、あたしは風見くんとの関係《かんけい》に前向きな気持ちにはなれない。

「風見くんもあたしの話、ちゃんと聞いてくれてないでしょ。もしも試合《しあい》のときに聞こえた声が別《べつ》の人の……あたしにまったく似《に》てない声でも、あたしと仲《なか》よくしたいと思う？」

ためらいつつ、言い返した言葉に風見くんの顔がくしゃりとゆがむ。

「東山が気になるきっかけは、試合《しあい》の声援《せいえん》だった。でも……！」

「ふたりとも信号《しんごう》が点滅《てんめつ》しているよ、早く来たまえ！」

横断歩道《おうだんほどう》の向こう、病院の前からさけぶミツキ先輩《せんぱい》の声が会話をさえぎった。

先輩《せんぱい》の案内《あんない》で、関係者専用《かんけいしゃせんよう》出入り口から病院の中に入る。

熱《ねつ》がないかの検温《けんおん》と手の消毒《しょうどく》をしっかりしてから、子どもたちが待つ小児科病棟《しょうにかびょうとう》へ。

小児科病棟《しょうにかびょうとう》の壁《かべ》には動物やお花の工作、子どもたちが一生けんめい描《か》いた絵がいっぱいはってあって、小学校の教室みたいに明るい雰囲気《ふんいき》。

「ここが控《ひか》え室《しつ》さ。荷物はここに置《お》いておくといい。」

先輩《せんぱい》が控《ひか》え室《しつ》のドアを開ける。中で待っていたのは看護師《かんごし》のお姉さん。

「こんにちは、今日はよろしくお願《ねが》いしますね！」

「こちらこそ、よろしくお願《ねが》いします！」

「お願《ねが》いします……。」

お姉さんのあいさつにあわせ、あたしたちも頭をさげる。

病院につく直前のやりとりの影響《えいきょう》で、風見くんの声が沈《しず》んでいる――気まずい。

でももうすぐ本番。あたしはすぐに気持ちを切りかえる。

「これが今日の衣装《いしょう》ね。」と、お姉さんが白いふくろを手わたしてくる。

中には、赤い長そでシャツとズボンとトラがらのハーフパンツ、あと角がついた黄色いもさもさのオニのカツラ――かなり本格的《ほんかくてき》な衣装《いしょう》が入っていた。

「豆まきやハロウィンのイベントでも使っているのよ。」と、笑《わら》うお姉さんに案内《あんない》され、あたしは女子更衣室《じょしこういしつ》で制服《せいふく》からオニの衣装《いしょう》に着がえる。

鏡《かがみ》で自分の姿《すがた》を見た瞬間《しゅんかん》、思わず「ぶっ！」と、ふき出してしまう。

はずかしいけど、コスプレなんてめったにしないし、ワクワクしてきた！

鏡《かがみ》を使って、オニのすがたを自撮《じど》りしてから、控《ひか》え室《しつ》にもどる。

風見くんは青オニで、ミツキ先輩《せんぱい》は緑オニ、三人とも色ちがいの衣装《いしょう》。

先輩《せんぱい》だけは、オニのボスということで黒マントをつけている。

「おっ、東山くん。なかなか似合《にあ》っているじゃないか！」

「ありがとうございます。先輩《せんぱい》も黒マント、カッコいいですね。」

「ははっ、当然《とうぜん》っ！　ボクはどんな服でも着こなせるのさ！」

ほめられるのが、オニの衣装《いしょう》でもいいみたい。先輩《せんぱい》はドヤ顔で黒マントをひるがえす。

通学カバンから台本を取り出し、みんなで劇《げき》の流れを確《たし》かめようとしたとき、先輩《せんぱい》が
「時間だ、行こうっ！」と、すっくと立ちあがった。

「えっ、先輩《せんぱい》、今日の流れとかって……。」

「そんなの不要《ふよう》さ。台本どおりしゃべって、戦《たたか》って、やられる。以上《いじょう》だ！」

先輩《せんぱい》はスタスタスタ——早足で控《ひか》え室《しつ》を出ていく。

あたしと風見くんも、急いであとを追う。

子どもたちは広い部屋で、あたしたちが来るのを待っていた。

「わ〜っ、オニだ！」「赤オニと青オニは弱そ〜！」

あたしたちを見るなり、はしゃぎ声をあげたり、指をさしたり。

そんな子どもたちは頭に桃太郎、イヌ、サル、キジのお面をつけている。

同じお面をかぶっている子たちは、それぞれ四～五人くらいかな。

「三人対二十人って……。」と、となりに立つ風見くんがうめく。

さっきまでの気まずさをわすれ「大ピンチだね。」と、あたしは風見くんと苦笑《にがわら》い。

鬼が島に攻《せ》めこんできた桃太郎軍団《ぐんだん》、勝ち目ゼロ――絶望《ぜつぼう》の中、必死《ひっし》に戦《たたか》うオニ。

オニ三兄妹《きょうだい》の気持ちを想像《そうぞう》しなおす。

「やあやあみんな、こんにちは！　オニでもイケメンのミツキお兄さんだよ！」

ミツキ先輩《せんぱい》がみんなにあいさつしているうちに、看護師《かんごし》さんがスポンジ製《せい》のやわらかいバット――オニの金棒《かなぼう》を手わたしてくる。

これから子どもたちは『正義《せいぎ》のきびだんご玉《だま》』という、ピンポン玉を投げてくる。

その玉を投げ終えるまでが、桃太郎軍団《ぐんだん》とオニたちの戦《たたか》いの時間で、あたしたちはピンポン玉をよけたり、打ち返したり、体にあたったときは痛《いた》がる。

子どもたちの「オニめ、覚悟《かくご》しろ！」の声を合図に金棒《かなぼう》をかまえ、あたしは風見くんと先輩《せんぱい》とアイコンタクト。

「ではいくぞ、ハ～～～ッハッハッハ！　よく来たな、桃太郎たち！」

と、先輩《せんぱい》は黒マントをバサリとひるがえす。

「ハハハハハ～～ァッ！　この世にあるお宝《たから》はみんな、強い兄キがいるオレたちのものだ！」

と、風見くんは金棒《かなぼう》を肩《かた》にかついで、歌舞伎《かぶき》のポーズを取って。

「兄ちゃんは強いんだ、お宝《たから》は決して渡《わた》さないからなっ、アハハハッ！」

台本のセリフをすこし変《か》え、あたしと風見くんは子どもたちを挑発《ちょうはつ》する。

あたしと風見くん演《えん》じるオニは、先輩《せんぱい》のオレ様なボスオニをおそれながらも、強いお兄ちゃんが大好《だいす》きで、ボスオニの強さをカサに着る生意気なオニ……という設定《せってい》。

「みんな～～、きびだんご玉で悪いオニを倒《たお》してお宝《たから》ゲットだよー！」

看護師《かんごし》のお兄さんの声がスタートの合図。すると。

「よーし、みんな、強いボスオニから倒《たお》そうぜ、集中攻撃《こうげき》だ～～っ！」

あたしたちの挑発《ちょうはつ》によって、子どもたちの注目が先輩《せんぱい》に集中する。

ここから先はアドリブ！

あたしと風見くんは視線《しせん》をかわし、先輩《せんぱい》の前にバッと躍《おど》り出《で》る。

「兄ちゃんとお宝《たから》は、あたしたちで守るっ！」

あたしがさけぶやいなや、ポンポン、ポポンッ！

はずむたび、軽快《けいかい》な音を響《ひび》かせて、大量《たいりょう》のピンポン玉が飛《と》んでくる。

「ぴえ〜〜んっ、守ると言ったけど、これぜんぶ打ち返すのはムリだよ――っ！」

あたしはスポンジの金棒《かなぼう》をふりまわすも、空ぶり連発《れんぱつ》！

「あただだだっ！　イタい〜〜っ、きびだんご玉の威力《いりょく》、すごいよ――っ！」

痛《いた》がるあたしの横で、ピンポン玉を打ち返しながら、風見くんもさけぶ。

「兄キッ、今のうちにお宝《たから》を持って、早く逃《に》げるんだ！」

「キ、キミた……いや、お前たちだけで桃太郎軍団《ぐんだん》の相手はムリだ！　返《かえ》り討《う》ちにあってしまう！」

「いいんだ、兄ちゃん。あたしたち、強い兄ちゃんがいたおかげで、今までい〜っぱい甘《あま》い汁《しる》を吸《す》ってこれたんだから。」

「そうだぜ、兄キ、こういうときこそ、捨《す》て駒《ごま》にしてくれよ！」

「なにを言ってるんだ。ボクにとってお前たちは集めたお宝《たから》と同じ……いや、それ以上《いじょう》に大事な宝《たから》なんだっ！」

「ア、兄キィ〜〜〜っ！」

（あれっ？　あたしたちの役って、人間からお宝《たから》を奪《うば》う、悪いオニ三兄妹《きょうだい》だよね？）

なのに、アドリブの方向は感動系《かんどうけい》？　ヘンな方向に向かいはじめたような……。

「だったら、お宝《たから》をよこせ━━ぃっ！」

桃太郎のお面をかぶった男の子があたしに向かって、ピンポン玉を投げる！

よし、玉があたったら「痛《いた》いっ！」と、さけんで、アドリブの方向性《ほうこうせい》を修正《しゅうせい》しよう。

ピンポン玉があたるのを待っていると――ぱしっ！

先輩《せんぱい》があたしの前にまわりこみ、男の子が投げたピンポン玉を指でキャッチする。

「いいや、お宝《たから》は渡《わた》さないし、ボクの大切な家族には指一本触《ふ》れさせないっ！」

「見て、ボスオニが妹をかばったわ。オニじゃなくて、ヒーローみたいね！」

その勇《いさ》ましい姿《すがた》に、看護師《かんごし》のお姉さんや女の子が「ステキ！」と、黄色い声をあげる。

「先輩《せんぱい》っ、あたしたちは悪役なのに、ヒーローになってどうするんですかっ!?」

あたしの小声のツッコミに、先輩《せんぱい》は「ハ〜ッハッハッハ！」と、うれしげに高笑《たかわら》い。

「いいや、ボクはオニさ。だからかわいい子たちは全員、ボクが食べてやる〜っ！」

両手をかかげ、女の子たちに近づいていく先輩《せんぱい》。

「きゃあ〜〜っ！」と、お姉さんや女の子の声がさらに大きくなったとき。

「なあ、次は青いオニ倒《たお》そうぜ。オレよりチビで超弱《ちょうよわ》そう！」

「いいぜ、くらえっ！　桃太郎トリプルきびだんご玉爆弾《ばくだん》っ!!」

あたしにピンポン玉を投げた男の子が、今度は他の子たちと風見くんを集中攻撃《こうげき》っ！

「チビって言うなぁあああ！　もてなしの術《じゅつ》の奥義《おうぎ》・おん返しぃぃぃっっ！」

身長をからかわれ、演技《えんぎ》とマジがごっちゃになってるけど、迫力《はくりょく》ある動き！

金棒《かなぼう》をふり回し、風見くんがピンポン玉をみんな打ち返すと、男の子たちが笑《わら》う。

「もてなしの術《じゅつ》って、昔やってたヒーローもののワザだろ？」

「うっわ、古っ！」

「「古くなんかないっ!!」」

思わずさけんだのは、風見くんとあたしと――先輩《せんぱい》だった！

みんな好《す》きなの？　と思わず目を見あわせるけど、今は本番中。すぐ演技《えんぎ》にもどる。

そのとき、あたしは車いすにすわった、こまり顔の女の子の存在《そんざい》に気づく。

キジのお面をかぶった女の子は、ピンポン玉を手にしたまま、おろおろしている。

あたしたちが動き回るから、ピンポン玉を投げられなくて、こまっているんだ。

よし、それなら——あたしはさりげなく、女の子に近づく。

すぐに「えいっ！」と、女の子のかけ声がして……トンッ！

わき腹《ばら》にピンポン玉があたったので、あたしは大げさに痛《いた》がってみる。

「アイタタ、タダダ～ッ、や～らーれ～たー——っ！」

女の子をチラリと見ると、彼女《かのじょ》は「やった！」と、手をあわせて、笑《わら》っていた。

あたしの演技《えんぎ》を楽しんでくれているのがうれしくて、あたしも笑顔《えがお》になる。

「あ、赤オニのやつ、やられたとか言って、まだやられてないぞ！」

うしろから、男の子の声。あたしにピンポン玉攻撃《こうげき》が集中する！

ひーんっ、もうこうなったら、超弱《ちょうよわ》い末《すえ》っ子《こ》オニを演《えん》じよう！

「鬼《おに》が島《しま》はあたしたちの家だっ、だから……アダダダッ！　ぴえ～ん、兄ちゃーんっ！」

おしばいをつづけていると、ポンポン、ポン……。

ピンポン玉の音が、だんだんと小さくなっていく。

あたしは風見くんと先輩《せんぱい》の目を見て、息をあわせてから。

「ハ、ハハ、ハ～ッ、参《まい》ったよ……。」

「オイラたちのお宝《たから》、みんなあげます！　だから命だけはお助けを～っ！」

「恐《おそ》るべし、桃太郎軍団《ぐんだん》っ！」

三人いっしょに両手をあげて、降参《こうさん》のポーズ。

「おめでとう、みんな。鬼が島のお宝《たから》は『日本一おいしいシュークリーム』よ！」

「わ〜いっ、シュークリーム！」「やった勝った〜っ！」

子どもたちはバンザイをして、大よろこび。

北村総合病院の桃太郎のおしばいは大成功《だいせいこう》——無事《ぶじ》に幕《まく》をおろしたのだった。


子どもたちと別《わか》れて、控《ひか》え室《しつ》にもどると。

「あっ、オニの顔のシュークリーム！　オレたちも食べていいんですか？」

なんと、テーブルには三人ぶんのシュークリームが用意されていた。

三角チョコのツノ、チョコペンで描《か》かれたオニの顔。

シュークリームのお皿を手にして、風見くんが「やったあ！」と、はしゃぐ。

「オレ、スイーツの中ではシュークリームが一番好《す》きなんだ。東山はどう？」

「あたしはショートケーキかな。でもシュークリームも最初《さいしょ》の一口、クリームが口いっぱいに広がる瞬間《しゅんかん》が好《す》きだよ。」

三人で記念写真《きねんしゃしん》を撮《と》ってから「いただきます！」と、シュークリームを口に運ぶ。

ふんわり生クリームとあまいバニラビーンズの香《かお》りが口に広がり、ほっぺが落ちそう！

「ふたりとも、ありがとう。子どもたちもみんな楽しんでいたよ。オニがボクひとりだったら、あそこまではもりあがらなかった。」

「あたしも楽しかったですし、アドリブの勉強になりました。ありがとうございます！」

そのとき「あのっ！」と、風見くんが緊張《きんちょう》ぎみの声をあげる。

「前から気になってたんですけど、北村先輩《せんぱい》も『もてなし戦隊《せんたい》』が好《す》きなんですか？」

「ボクもおとといから風見くんにそれを聞きたくて、だから今日、キミをさそったのさ。そりゃもう大好《だいす》きだよ！　おこづかいを貯《た》めて、ブルーレイBOX《ボックス》を買うくらいに！」

「マジですかっ！　オレは今度の誕生日《たんじょうび》プレゼントに買ってもらう予定です！」

先輩《せんぱい》も『もてなし戦隊《せんたい》』のファンだった――風見くんが興奮《こうふん》ぎみにあたしを見る。

「風見くんとはソウルメイトになれそうだ……いや、なろうっ！　ファンに立場も学年差《がくねんさ》も関係《かんけい》ない、ふたりきりのときは遠慮《えんりょ》せず、タメ語で語りあおう！」

先輩《せんぱい》が勢《いきお》いよくさし出す右手を「はいっ！」と風見くんは力強くつかむ。

そしてふたりは早速《さっそく》、大好《だいす》きな話は何話かと熱《あつ》く語りあう。

オレの激推《げきお》しはウラヅの刀のデザインで、って風見くん、早速《さっそく》タメ語になってる。

先輩《せんぱい》の心の広さに感心しつつ、お茶を飲んでいると、トントン。

「あの～。」と、看護師《かんごし》のお姉さんが控《ひか》え室《しつ》に顔を出した。

「ミツキさんと赤オニ……えっと、アイさん、ちょっとだけお時間いいですか？」

ん、なんだろう？　あたしと先輩《せんぱい》はイスから立ちあがる。

看護師《かんごし》のお姉さんに車いすをおされて、女の子が控《ひか》え室《しつ》に入ってきた。

さっき、あたしのわき腹《ばら》にピンポン玉をあてて、よろこんでいた女の子だ。

あたしと先輩《せんぱい》を上目づかいで見て、おずおずと見せてきたのは『ふたプリ』の本と折《お》り紙《がみ》で作ったふたつの人形。

「もしかして、紙人形はアルタルフとラサラス!?　あたしも『ふたプリ』大好《だいす》きだよ！」

あたしが一歩前に出ると「マナツも！」と、女の子はにっこり笑顔《えがお》でうなずく。

「マナツちゃんは『ふたプリ』が大好《だいす》きで、主人公よりふたりの王子の大ファンで……ラサラス王子の声をやるミツキさんと、アルタルフ王子に声が似《に》ているアイさんの声をもう一度、聞きたいって……。」

看護師《かんごし》のお姉さんの話を聞き、先輩《せんぱい》がパチンと指を鳴らす。

「よし、東山くん、彼女《かのじょ》のためにアルタルフとラサラスの登場シーンをやってみよう！」

チラリ。先輩《せんぱい》が試《ため》すような目であたしを見るから、すぐにうなずく。

『ふたプリ』は小学生のころから、何度も読み返しているお気に入りのマンガ。

セリフはバッチリ、おぼえている！

マナツちゃんからアルタルフとラサラスの紙人形を借《か》りて、あたしと先輩《せんぱい》はテーブルの下に身を隠《かく》し、マンガ版《ばん》の登場シーンを再現《さいげん》する。

「おそれ、うやまえ！　われら天さえおそれる獅子王《ししおう》の使者！」

「獅子王《ししおう》レグルスに代わり、流星のごとく現《あらわ》れ、地上に落とすは獅子《しし》の大がま！」

「王子アルタルフ！」

「同じく、ラサラス！」

「「獅子王《ししおう》レグルスの名のもと、正義《せいぎ》をおこなう執行者《しっこうしゃ》っ！」」

目と目で先輩《せんぱい》と息をあわせると、パチパチパチパチッ！

「すごい、すごいっ！　アルタルフとラサラスが目の前にいるみたいっ！」

「あたりまえよ、マナツちゃん。ミツキさんはラサラスを演《えん》じる本物の声優《せいゆう》さんよ！」

マナツちゃんだけでなく、看護師《かんごし》のお姉さんまで目を輝《かがや》かせて、大興奮《だいこうふん》。

こんなによろこんでくれるなんて――はしゃぐふたりを見て、あたしも笑顔《えがお》になる。

「マナツちゃん、星たちも応援《おうえん》してるから、お薬をちゃんと飲んで、元気になるんだよ。」

ラサラスの口調で話す先輩《せんぱい》から紙人形を受けとり「えへへ！」と、笑《わら》うマナツちゃん。

「うんっ、お薬苦手だけど、ガンバる。もうすぐアニメの『ふたプリ』にも、ラサラスが登場するんだよね？　動いてしゃべるラサラスを見るの、今からすごく楽しみなんだ！」

彼女《かのじょ》はふたりの王子の大ファンで、特《とく》にラサラスが好《す》きなんだね。

影武者《かげむしゃ》でも、アルタルフ役を演《えん》じるあたしはちょっとしょんぼり。

だけど。

「お姉ちゃんの声、アルタルフに似《に》ていてステキだね！」

「えっ……そう、かな？　学校のみんなからは、オッサン声って言われてるよ。」

あたしからアルタルフの紙人形を受けとったマナツちゃんが、首を大きく横にふる。

「そんなことない、大人っぽくて、カッコいいよ！」

「女の人の低《ひく》い声はよく通って落ち着いていて、モテ声って言われるんですよ。」

「東山くんの声は低《ひく》めだけど、オッサン声は言いすぎさ。もっと自信《じしん》を持ちたまえ！」

マナツちゃんとお姉さんだけでなく、指鉄砲《ゆびでっぽう》ポーズをキメるミツキ先輩《せんぱい》まで……。

そこへ「オレもっ！」と、風見くんが右手をあげて、やってくる。

「東山の声は勇気《ゆうき》をくれる、いい声だって、オレは前から気づいてたし！」

こんなにたくさんの人から直接《ちょくせつ》、自分の声をほめられるなんて――うれしい！

じ～んとする胸《むね》に手をあてて、あたしはみんなに「ありがとう！」と、お礼を言った。


マナツちゃんと看護師《かんごし》のお姉さんを見送ったあと、あたしはぽかぽかあったかい気持ちの中、女子更衣室《じょしこういしつ》で服を着がえる。

更衣室《こういしつ》には他にだれもいなかったから、ちょっとうれし泣《な》きしちゃった。

顔を洗《あら》ってから、女子更衣室《じょしこういしつ》を出る。

「レクリエーションはうまくいったみたいだな……。」

「はい、後輩《こうはい》の子たちも手伝《てつだ》ってくれて、もりあがりました。」

通路の先から、男の人とミツキ先輩《せんぱい》の話し声が聞こえてきた。

そっと様子をうかがうと、先輩《せんぱい》と白衣《はくい》を着たおじさんが向かいあっていた。

白衣《はくい》のおじさんはけわしい顔で、ため息をつく。

「さっき、小児科《しょうにか》の医師《いし》に話をしに来た際《さい》、お前のはしたない笑《わら》い声《ごえ》がナースステーションにまで聞こえてきたぞ……あれは当然《とうぜん》、演技《えんぎ》だろうな？」

「……はい、もちろん、演技《えんぎ》です。」

「きのう、お前が出ているアニメを観《み》たが、声優《せいゆう》の活動でもあんな笑《わら》い声《ごえ》をあげているのだな。社会勉強として今は許《ゆる》しているが、やはり学問に専念《せんねん》したほうがよくないか？　声《せい》優《ゆう》の代わりはいくらでもいても、私《わたし》のあとに院長を継《つ》ぐのはお前しかいないんだぞ。」

（私《わたし》のあとに院長……じゃあ、あの人はこの病院の院長で、先輩《せんぱい》のお父さん!?）

おどろくあたしの視線《しせん》に、ふたりが気づく。

笑《え》みを作って近づくと、院長先生が渋《しぶ》い声で「この子は？」と、たずねる。

「東山アイくん、中学一年生の後輩《こうはい》で、彼女《かのじょ》も声優《せいゆう》です。」

声優《せいゆう》——先輩《せんぱい》の紹介《しょうかい》にあたしだけでなく、院長先生も目をまるくする。

「この子が声優《せいゆう》？　まだ子どもではないか……。学生の本分は勉強、最近《さいきん》の芸能界《げいのうかい》は子どもを酷使《こくし》しすぎだ。」

「そうですね、父さん。」

気をつけの姿勢《しせい》のまま、しおらしくうなずく先輩《せんぱい》。

学校やスタジオではハキハキしゃべるのに……静《しず》かなのは、お父さんの前だから？

強くにぎる両手が、先輩《せんぱい》が自分の気持ちをガマンしていると物語っている。

先輩《せんぱい》は今、あたしをひとりの声優《せいゆう》として紹介《しょうかい》してくれた。

今度はあたしが、先輩《せんぱい》の声優《せいゆう》としての魅力《みりょく》を院長先生に伝《つた》える番だ。

「あのっ、子どもでも先輩《せんぱい》はちゃんとした声優《せいゆう》さんです。高笑《たかわら》いもSNSとかでカッコいいと大人気で、さっきもマナツちゃんが先輩《せんぱい》の生の演技《えんぎ》を見て、苦手なお薬を飲むのをガンバるとはりきっていました！　だから、その……今、声優活動《せいゆうかつどう》をしている先輩《せんぱい》はきっと将来《しょうらい》、ハリウッドドクターになれると思います！」

自分なりに先輩《せんぱい》の魅力《みりょく》、伝《つた》えられた……はずなんだけど。

先輩《せんぱい》と院長先生はポカンとした顔であたしを見つめている。

「ハリウッド……ドクター？　なんだね、それは？」

「あれ、ちがった？　えーっと……つまりですね、治療《ちりょう》や手術《しゅじゅつ》とかで体《からだ》を治《なお》して、声や言葉で患者《かんじゃ》さんたちを楽しませ、心を元気にさせる……そのふたつができるお医者さんって、めずらしくて、超《ちょう》スゴくないですか？」

エンタメは心を元気にするんだから。

この前、Kプロダクションの社長さんが口にした言葉が、耳の奥《おく》によみがえる。

「東山さんの言いたいことはわかったが……もうすこし勉強もはげみたまえ。」

鼻で笑《わら》って、院長先生はまわれ右。別《べつ》の病棟《びょうとう》へと去っていく。

院長先生がいなくなると「あははは！」と、先輩《せんぱい》が笑《わら》いだした。

「すごいね、父さんに堂々《どうどう》と意見できる人は、大病院の中にもいないのに。しかもハリウッドドクターって……あはは、ハリウッド級声優《せいゆう》なりたいね、うれしいよ。ほめてくれてありがとう。お礼に一曲、キミのために歌いたい気分だよ。」

「歌わないでくださいね、ここ病院なので！　それより先輩《せんぱい》こそ、借《か》りてきたネコというか、ネコかぶってるというか……家族なのに、どうしておとなしくしてるんですか？」

「もし東山くんの父親が、うちの父さんのような人だったら、同じように話せる？」

うっ。さっきは勢《いきお》いで話したけど、パパが院長先生みたいな人だったら、無理《むり》かも。

言葉につまるあたしを見て「だろう？」と、先輩《せんぱい》は肩《かた》をすくめる。

「それに大病院の息子《むすこ》と聞いたとき、キミはその子にどんなイメージを持つ？」

「えーっと……頭がよくて、礼儀正《れいぎただ》しいお坊《ぼっ》ちゃんとか……？」

「そう。声をあげて笑《わら》ったり、ワガママを言ったり、意地悪をしたりしない……絵に描《か》いたようないい子。それが、父さんが求《もと》めるボクなんだ。」

「大変《たいへん》ですね……。」と、相づちを打つと先輩《せんぱい》がビシリとあたしを指さす。

「そうっ、すごく大変《たいへん》なんだよ！　だから、自由でいられる場所がほしかったのさ。まずは学校。ボクが通っているあいだ、父さんは学校に寄付《きふ》をするからね。ボクが放送部で好《す》き勝手《かって》しても、先生は見て見ぬふりをし、積極的《せっきょくてき》に部活動に取り組んでいる……と、父さんのキゲンを損《そこ》ねないような報告《ほうこく》をする。物は言いよう、滑稽《こっけい》だろう？」

美声を生かし、愛《あい》のセリフをささやく胸《むね》キュンタイムに、カバーという名目のカラオケタイム――お昼の放送は生徒《せいと》たちからは人気だけど、先生たちはいつも困惑顔《こんわくがお》。

「でも去年の夏前、広い視野《しや》を持てるよう、海外留学《りゅうがく》しろと父さんが言いだした。ボクの人生がどんどん親に決められる……それで社会勉強だと言って、Kプロのオーディションを受けたのさ。アニメも大好《だいす》きだし、おしばいでもいいから、ちがう人格《じんかく》になりたかった。」

先輩《せんぱい》は一歩前に出ると、華麗《かれい》にくるりと一回転する――ラサラスの決めポーズだ。

「特《とく》に悪役とか動物とか、現実《げんじつ》の自分とギャップがある役をやるのが、本当に楽しいよ。一発合格《ごうかく》で声優《せいゆう》になれるなんて、自分でもおどろきだったけど、父さんの敷《し》いたレールを飛《と》び出《だ》して、自分の力で道を切りひらけた……それが本当にうれしかった。」

「おしばい……先輩《せんぱい》、あたしの今日のおしばい、どうでしたか？」

今日、ここに来たのはあたしの演技力《えんぎりょく》を試《ため》す、先輩《せんぱい》からの試練《しれん》がきっかけ。

なのに先輩《せんぱい》は「そういえば、そうだったね。」と、ポンッと手を打つ。

その反応《はんのう》、もしかして、忘《わす》れてた……？

「想像以上《そうぞういじょう》にいい演技《えんぎ》だった。ボクらが演《えん》じたのは桃太郎にやられる瞬間《しゅんかん》だけど、それまでの彼《かれ》らの関係性《かんけいせい》やバックボーンを考えてきた、いいアドリブでボクも宝《たから》よりも家族……と、影響《えいきょう》を受けてしまったよ。」

「本当ですかっ、よかった〜！　ユウさんからもアドリブは役のイメージをふくらませてと教えてもらったんですけど、コツがよくわからなくて。」

「大西ユウも大ざっぱだね。彼《かれ》が言いたいのは原作や資料《しりょう》を読みこんだり、監督《かんとく》たちに質問《しつもん》して、演《えん》じるキャラの過去《かこ》や行動パターンを分析《ぶんせき》して、理解《りかい》する……一言で言うと、演《えん》じるキャラをつかめという意味さ。」

キャラをつかむ——理解《りかい》する。

ちょっと前に『ミラ★カラ』の監督《かんとく》さんからも言われた言葉。

先輩《せんぱい》と監督《かんとく》、そしてユウさんのアドバイスが、あたしの頭の中でひとつになる。

「今日のオニ三兄妹《きょうだい》みたいに演《えん》じる部分のことだけでなく、演《えん》じない部分の役作りもする……そうやって、キャラをつかんでいけばいいんですね！」

「そのとおり。キャラをつかめたら、アドリブも自然《しぜん》とできるようになるさ。」

「はい、ガンバります！　あの、それで……影武者《かげむしゃ》の話は。」

先輩《せんぱい》はあたしのおしばいをいい演技《えんぎ》とほめてくれた。と、いうことは――！

だけど、ミツキ先輩《せんぱい》は「でもさ。」と、言葉を切る。

「東山くんはこのまま、大西ユウのなりすましでいいのかい？」

「なりすましでいいって……どういう意味ですか？」

「その演技力《えんぎりょく》を生かして、キミ自身も声優《せいゆう》を目指さないのかい？」

突然《とつぜん》の意外な質問《しつもん》。あたしはすこしきょとんとしてから、首を横にふる。

「声優《せいゆう》さんのお仕事に興味《きょうみ》はあります。でも、あたしは女子なのに声も見た目もかわいくないし……ユウさんの声が出るまでの影武者《かげむしゃ》しかできません。」

「まあ、東山くんの声はアイドル系《けい》ではないし、メディアに顔を出すには地味かもね。」

ガーン！　そんなハッキリ言わなくても……！

「アイドル声優《せいゆう》には向いてなくても、少年やクールな女性《じょせい》の役、別《べつ》の生かし方があるとボクは思うけどね。声まね動画がバズったのも、キミ自身に素質《そしつ》があるからさ。それとさっきのマナツちゃんの言葉、もうわすれてしまったのかい？」

「カッコいいと言ってもらえて、うれしかったです。でも、だけど……。」

「大西ユウのうしろに隠《かく》れ、彼《かれ》のなりすましで満足《まんぞく》なら、それでいいさ。けど、彼《かれ》のうしろから一歩踏《ふ》み出《だ》せば一％……足を前に踏《ふ》み出《だ》したぶんだけ、可能性《かのうせい》はあがるよ。キミもおしばいで自分を表現《ひょうげん》して、人を楽しませるのが好《す》きなんだろう？」

（おしばいは好《す》きだけど、こんなあたしでも、声優《せいゆう》さんになれるのかな……？）

見た目はふつうで、声が低《ひく》いからとあきらめていた、夢《ゆめ》。

とまどうあたしの背中《せなか》を押《お》すように、先輩《せんぱい》がやわらかな笑《え》みを投げかける。

「声優《せいゆう》デビューをはたしたボクの次の目標《もくひょう》は、声優《せいゆう》アーティストデビューなんだ。かなうまで、ずっと声優《せいゆう》をつづけたいと思うけど、残念《ざんねん》ながら、ボクは高校生までの期限《きげん》つき。大西ユウもこの先どうなるかわからないけど、キミの家族は反対していないんだろう？挑戦《ちょうせん》したいなら、とことんやってみるべきさ。」

「先輩《せんぱい》だけでなく、ユウさんもなにか事情《じじょう》があるんですか……？」

先輩《せんぱい》の事情《じじょう》はママから聞いていたけど、ユウさんの話は初耳《はつみみ》！

「ボクは主に父さんが、大西ユウは母親が声優活動《せいゆうかつどう》に反対してるんだ。天条さんの話だと彼《かれ》の母親はフランスで芸能活動《げいのうかつどう》をしていて、息子《むすこ》を自分のもとに呼《よ》び寄《よ》せたいらしいよ……ボクと大西ユウは同い年の声優《せいゆう》で親との関係《かんけい》に悩《なや》む、似《に》た者同士《ものどうし》なんだ。」

「すごい、運命のライバルですね。」

「あはは、向こうはそう思ってないみたいだけど……。」

「ユウさん、言ってました。先輩《せんぱい》と自分は同じオーディションで業界に入った、同い年の相手だって。だからユウさんも先輩《せんぱい》を意識《いしき》していると思います！」

先輩《せんぱい》が「えっ？」と、ちょっとうれしそうな顔をしたとき。

「ふたりとも、いつまで長話してるんですか？」

突然《とつぜん》聞こえた不機嫌《ふきげん》そうな声。じと目の風見くんが通路に立っていた。

「あ、風見くん、着がえ終わった？」

「とっくのとうに着がえて、控《ひか》え室《しつ》でずーっと待ってたよ。東山と先輩《せんぱい》って、いつどこで、どう知りあって、そんな親しくなったの？」

風見くんは怒《おこ》ったような顔で、くちびるをとがらせる。

影武者声優活動《かげむしゃせいゆうかつどう》の話は、風見くんにゼッタイ明かせない……そう思ったのに。

「ソウルメイトに隠《かく》しごとをするのは清《きよ》く、正直者のボクにはできない……だから、キミの愛《あい》が本物か試《ため》してみようじゃないか！」

先輩《せんぱい》は指をパチリと鳴らし、控《ひか》え室《しつ》にもどると、自分のカバンの中から小さなＤＶＤプレイヤーと一枚《まい》のＤＶＤを取り出した。

「先輩《せんぱい》、それって『ふたプリ』の白箱《しろばこ》ですよね？」

白箱は完成《かんせい》したアニメ映像《えいぞう》を収録《しゅうろく》した、スタッフさんに渡《わた》す確認用《かくにんよう》ＤＶＤのこと。

「そう、ボクと東山くんが運命的《うんめいてき》な出会いをするきっかけでもある。レント、キミにその意味がわかるかな？」

ふふん、と挑発的《ちょうはつてき》な態度《たいど》で、先輩《せんぱい》は風見くんにイヤホンを手わたす。

風見くんはふしぎそうな顔でイヤホンを耳につけ、『ふたプリ』の白箱を観《み》はじめて――アルタルフが登場したシーンで真顔になる。

「この声、東山だよな？」

「うぇえええええええっ！　なんでわかったの!?」

「わかるよ、二か月半前の試合《しあい》の日以降《いこう》、東山の声、意識《いしき》して聞いてるし……ホレてる男の耳をナメんなって。」

風見くんの笑顔《えがお》に鼓動《こどう》がトクンと跳《は》ねる……って、感激《かんげき》している場合じゃない！

「風見くんにバレるってことは放送後、ファンの人も気づくんじゃ……。」

ドギマギするあたしの横で、先輩《せんぱい》がひょいっと肩《かた》をすくめる。

「多少のちがいは、どうしても出るね。でもエンディングのクレジットに大西ユウと名前が出れば、不調《ふちょう》なのかとごまかせるはず……彼《かれ》の一途《いちず》でピュアな愛《あい》が深いだけさ。あとは東山くん、キミの口からちゃんと説明《せつめい》したまえ。」

ええっ、白箱を見せたのは先輩《せんぱい》なのに……。

でも、気づいたのは風見くん自身——ごまかせない。

「ゼッタイにヒミツだよ。」と前置《まえお》きすると、風見くんは真剣《しんけん》なまなざしでうなずく。

そのまなざしを信《しん》じ、ユウさんの影武者声優《かげむしゃせいゆう》をしていること、ヒミツのアフレコを先輩《せんぱい》が目撃《もくげき》したのをきっかけに今日のおしばいに参加《さんか》したこと——今までの事情《じじょう》を明かす。

「すっげぇ……プロじゃん、芸能人《げいのうじん》じゃん、超尊敬《ちょうそんけい》する。」

そのとき、チャラリラリラ——先輩《せんぱい》のスマホのアラームが鳴りはじめた。

「さて、ボクはそろそろ塾《じゅく》に……えぇっ、『もてなし戦隊《せんたい》』のイベントをやるって⁉︎」

アラームを止めた先輩《せんぱい》が「見たまえ！」と、紺色《こんいろ》のスマホをあたしたちに突《つ》きつける。

画面には『もてなし戦隊《せんたい》デムカエンジャー』イベント決定の告知《こくち》が表示《ひょうじ》されていた。

「大西ユウも出ていたし、東山くんも『もてなし戦隊《せんたい》』を知ってるんだよね？」

「はい。お兄ちゃんが好《す》きで……ユウさんのファンになったあと、もう一度観《み》ました！」

「よし、なら三人で、この再来週《さらいしゅう》の上映《じょうえい》イベントに申しこもう！　本編上映《ほんぺんじょうえい》の他に出演者《しゅつえんしゃ》によるトークショー、限定《げんてい》グッズの販売《はんばい》も予定されているらしい。ソウルメイトのレントと出会えた日にイベント告知《こくち》が出るなんて、これは運命、行くしかないっ！」

「グッズにトークショー、うわ～気になるっ！　東山もいっしょに行こうぜ！」

イベントの告知《こくち》を見て、大興奮《だいこうふん》の風見くんは行く気満々《まんまん》。

「あ、あたしはちょっと……ソウルメイトの先輩《せんぱい》と風見くんだけで行ったほうが。」

目を泳がせ、あたしは断《ことわ》りかたを考える。

クラスイチと学校イチ、人気者のふたりと出かけるなんて、おそれ多い！

バレたら、全学年の人から誤解《ごかい》とやきもちの的《まと》になって、超《ちょう》悪目立ち！

「どうしてだい？　こういうイベントを見に行くのも、おしばいの勉強になるはずさ。まあ、倍率《ばいりつ》が高いだろうから、チケットが当たったらの話だけど……。」

そっか、チケットは抽選制《ちゅうせんせい》なんだ。

超《ちょう》人気の作品だし、外れる可能性《かのうせい》が高いよね……あたし、クジ運ないし。

ここで無理《むり》に断《ことわ》って、もりあがっているふたりに水をさすよりはいいかも。

「じゃあ、当たったら、行きます。」

「よし、決まりだ。あとでボクが申しこんでおくよ。」

話がまとまったところで荷物をまとめ、あたしたちは控《ひか》え室《しつ》をあとにする。

「それで東山くん、自分を犠牲《ぎせい》にして、大好《だいす》きなミライを守ろうとするユエルの気持ち、すこしはつかめたかい？」

エレベーターを待つあいだ、先輩《せんぱい》が突然《とつぜん》、キミョーなことを言いだした。

「えっ、どういう意味ですか？」

「この前、キミが帰ったあと、里畑さんに『現実《げんじつ》でも悪役をやってみないか？』と、さそわれたのさ。演技《えんぎ》がヒドかったら、大西ユウのヒミツをバラす……そう言って、キミをユエルに近い気持ちに追いこむドッキリ作戦《さくせん》さ。」

先輩《せんぱい》はいたずらな笑《え》みをうかべ『ドッキリ大成功《だいせいこう》！』と、書かれたノートを取り出す。

あたしはポカンと口を開け、衝撃《しょうげき》のネタバラしをする先輩《せんぱい》とノートを凝視《ぎょうし》する。

おととい の昼休み、ニヤ〜リと笑《わら》った先輩《せんぱい》の悪い笑《え》みが頭をよぎる。

「あのキョーハクは本気でなく、演技《えんぎ》……じゃあ、あたしを試《ため》したのも？」

「キミが大女優《だいじょゆう》の孫《まご》だと聞いて、演技力《えんぎりょく》を試《ため》したいと思ったのは本当さ。でも、あの動画を公開したら、大西ユウだけでなく、ボクらが所属《しょぞく》するKプロも大ダメージを受ける。不満《ふまん》はあるけど……さ。それよりボクの渾身《こんしん》の悪役演技《えんぎ》にこまって、あわてたキミはウサギのようにかわいかったよ。」

「か、かわいい……じゃなくて、先輩《せんぱい》も里畑さんもヒドいっ！」

だけど、キョーハクされたおとといの昼休み、あたしは突《つ》き動《うご》かされた。

大ファンのユウさんを守るため、あたしが先輩《せんぱい》の試練《しれん》を乗《の》り越《こ》えないと……って。

大好《だいす》きなミライを守るため、自分がやったと名乗り出る――行動を起こすユエル。

あたしが感じた、この気持ちをおしばいとシンクロさせたら、きっとうまくいく！

「はっはっはー！　いやあ、おもしろかったよ。またやりたいね！」

「もうっ、カンベンしてくださーい！」

前髪《まえがみ》をかきあげ、楽しげに笑《わら》う先輩《せんぱい》を見あげ、あたしは首を激《はげ》しく横にふった。

病院の門の前で先輩《せんぱい》と別《わか》れ、あたしと風見くんは来た道をもどる。

外はすっかり暗くて、商店街《しょうてんがい》のあちこちからお惣菜《そうざい》のいいにおいが流れてくる。

「たくさん体動かしたから、お腹空《なかす》いたね。」

「うん……なあ、東山、ちょっとだけ、時間いいか？」

あたしの服のすそを遠慮《えんりょ》がちに引き、風見くんは商店街《しょうてんがい》近くの小さな公園に向かう。

突然《とつぜん》の行動にドキドキハラハラ。胸《むね》の鼓動《こどう》が速くなる。

人気《ひとけ》のない公園の一角で、あたしたちは向かいあう。

「病院に入る前の話のつづきなんだけど……。」

「横断歩道《おうだんほどう》を渡《わた》るとちゅうの話、だよね？」

東山はオレを見てくれない――好《す》きになってくれないのか？

先輩《せんぱい》の声が聞こえて、中断《ちゅうだん》した会話。風見くんはかたい表情《ひょうじょう》で、深くうなずく。

「きっかけは二か月半前の試合《しあい》だったけど、そのあとはオレ、ちゃんと東山のこと、見てるから……たとえば、他の子に順番《じゅんばん》をゆずったり、ひかえめなところとか。」

それは目立たないよう、コソコソしているだけで……。

「この前の学校公開のときは階段《かいだん》をのぼるあいだ、おばあさんの荷物を持ってあげたり。」

あのときは、おばあさんがすごく大変《たいへん》そうだったから、手伝《てつだ》っただけで……。

「教室に入ってきたテントウムシを下じきにのせて、そっと外に逃《に》がしたり……。」

それはたぶん、ちょっと前の授業中《じゅぎょうちゅう》の話。

「テントウムシだったから逃《に》がしただけで、カメムシやGだったら、絶叫《ぜっきょう》してたよ。」

ふつうのことだと思うんだけど……と、言葉を付《つ》け足《た》して、あたしは首をかしげる。

「これ言うの、東山が初《はじ》めてなんだけど……オレ、小六のときにカマキリつかまえるの失《しっ》敗《ぱい》してケガして、それから虫が苦手になったんだ。」

はずかしそうに目をふせる風見くん。

やんちゃな彼《かれ》の意外な一面。そういえばきのう、体育館裏《たいいくかんうら》でおしばいの練習をしたとき、チョウを見て、固《かた》まっていたもんね。そのとき。

「それに初《はじ》めてだったんだ！」

えっ、なにが？

勢《いきお》いよく顔をあげ、風見くんがふたたび、キョトンとするあたしを見つめる。

「『もてなし戦隊《せんたい》』の話をしたとき、笑《わら》わなかった子。前にナニ推《お》しかって聞いてきた女子がいて、『もてなし戦隊《せんたい》』とこたえたら、そんなの見てるなんて、カッコいいオレらしくない、と笑《わら》われて……でも東山に『もてなし戦隊《せんたい》』の話をしたら、笑《わら》うどころか会話が

はずんで……だから、改《あらた》めて思った。東山と仲《なか》よくなりたいって。」

まっすぐな声と視線《しせん》に心臓《しんぞう》がトクンと跳《は》ねる。

自分の顔に熱《ねつ》が集まるのを感じながら、みるみる赤くなる風見くんの顔を見つめる。

「もしあの試合《しあい》の声援《せいえん》が東山じゃなかったとしても、東山と『もてなし戦隊《せんたい》』の話をしたら、その瞬間《しゅんかん》から東山を目で追う……えっと、つまり、好《す》きになる自信《じしん》ある！」

好《す》きになる自信《じしん》――告白《こくはく》のような言葉に心臓《しんぞう》がまた跳《は》ねる。

唐突《とうとつ》で、予想外。初《はじ》めての体験《たいけん》に顔だけでなく、全身が燃《も》えるように熱《あつ》くなる。

（こういうとき、どんな反応《はんのう》をすればいいの？）

頭の中はまっ白。呼吸《こきゅう》も忘《わす》れて、あたしは立ちつくす。

沈黙《ちんもく》に耐《た》えられなくなったのか、風見くんが口を開く。

「さっき、オニの衣装《いしょう》に着がえるとき、先輩《せんぱい》に言われたんだ。自分の気持ち優先《ゆうせん》でグイグイいく男は友情《ゆうじょう》でも恋愛《れんあい》でもきらわれるって……だからオレ、待ってるから。今は学校と声優活動《せいゆうかつどう》で大変《たいへん》だろうけど、落ち着いたら、オレがどんなヤツかちゃんと見て。今の取《と》り柄《え》はサッカーしかないけど、来年には背《せ》ものびて、カッコよくなってる予定だし……言いたかったのはそれだけ！　オレ、家族に買い物たのまれてるから、先行くよ。」

早口で言うだけ言って、風見くんは猛《もう》ダッシュで走りさっていく。

さすがサッカー部レギュラー。声をかける間もなく行っちゃった……。

ひとりで駅に向かうあいだ、頭の中で風見くんの言葉がグルグルまわる。

東山を目で追うようになる。好《す》きになる自信《じしん》ある。

家族や親戚《しんせき》以外《いがい》の人から「好《す》き」と、気持ちを向けられるのは生まれて初《はじ》めて。

(試合《しあい》のときのナゾの声援《せいえん》にこだわっていると思っていたけど、そうじゃなかったんだ。)

どれだけ観察《かんさつ》してたの？　と、うれしさと照《て》れくささで、ほおがゆるんでいく。

でも、風見くんに好《す》かれたために、仲《なか》のよかった子が離《はな》れていったように、彼《かれ》の気持ちにこたえようとしたら、またなにかを……今度はハルルを失《うしな》いそうな気がして、こわい。

寄《よ》せては返す波のように、ドキドキとハラハラを行ったりきたり。

あたしはひとり、帰宅《きたく》ラッシュの満員《まんいん》電車に乗りこんだ。


数日後の放課後《ほうかご》。

ユウさんたちに見守られるなか、あたしは次の回の『ミラ★カラ』のアフレコに挑《いど》んでいた。

大ファンのユウさんを、なんとしてでも守りたい――！

ミツキ先輩《せんぱい》と里畑さんのしかけたドッキリのおかげで、自分を犠牲《ぎせい》にしてでも、ミライを守りたいユエルの気持ちをつかむことができた。

「怪盗《かいとう》はオレひとりだ。オレがひとりでぜんぶやった。ドジなミライとまじめなシンに盗《ぬす》みなんてできるわけないだろ？」

『いいぞ、東山くん。ユエルの覚悟《かくご》がひしひし伝《つた》わってくる。よく研究してきたな。』

本番収録後《しゅうろくご》。里畑さんはニヤニヤ笑《わら》いながら、ガラスごしにそうほめてくれた。

その顔はたのもしくも、悪だくみを成功《せいこう》させた得意《とくい》げな顔にも見えて、おかしくて。

あたしも笑《わら》って「ありがとうございます。」と、おじぎする。

「よし、次は『ふたプリ』だ。北村くん、よろしく。」

里畑さんの声を合図に、ミツキ先輩《せんぱい》がアフレコブースに入ってくる。

「今日からよろしくたのむよ、東山くん。」

先輩《せんぱい》のあいさつに背《せ》すじがピンッとなる。

今まであたしの収録《しゅうろく》はぬき録《ど》り――ひとりだけでの収録《しゅうろく》だったけど、これからの『ふたプリ』の収録《しゅうろく》は、あたしを認《みと》めてくれた先輩《せんぱい》とふたりですることになったの！

アルタルフとラサラスは、会話したりと絡《から》む機会《きかい》も多いから、いっしょに録《と》るほうがプラスになるだろう……という話になったんだ。

「はいっ、今日からよろしくお願《ねが》いします！」

あたしと先輩《せんぱい》は、台本を手に別々《べつべつ》のマイクの前に立つ。

となりにいるのは、プロの声優《せいゆう》さん——緊張《きんちょう》とよろこびで胸《むね》が高鳴る。

「よし、テストからはじめよう。」

モニターに『ふたプリ』の映像《えいぞう》が流れはじめる。先にしゃべるのは先輩《せんぱい》。

「あのふたりと話をするだって？　兄さん、あのふたりは敵《てき》だよ？」

あれっ？　もっとおどろいて、感情的《かんじょうてき》な演技《えんぎ》をすると想像《そうぞう》していたのに……。

先輩《せんぱい》が演《えん》じるラサラスは、静《しず》かな口調でアルタルフに問いかける。

あたしは強めの声で言い返すつもりだったけど、そうすると先輩《せんぱい》の演技《えんぎ》と温度差《おんどさ》が出て、アルタルフが急にキレたみたいになりそう。

今はテスト。とっさにおしばいのしかたを変《か》えてみる。

「敵《てき》として刃《やいば》を交えたからこそ、一度話をしてみたいと思うんだ。」

静《しず》かに落ち着いて、ラサラスを説得《せっとく》するような口調で話す。

チラリとあたしを見た先輩《せんぱい》の目が「いいね。」と、語りかけてくる。

桃太郎のおしばいのときと同じように、演技《えんぎ》と目でコミュニケーションを取り、影響《えいきょう》を与《あた》えあいながら演《えん》じる。

このかけあいのおもしろさは、ひとりだけの収録《しゅうろく》ではゼッタイに感じられない。

あたしもいつか、大勢《おおぜい》の声優《せいゆう》さんたちと収録《しゅうろく》するアフレコに参加《さんか》したいっ！

ユウさんの影武者《かげむしゃ》のままでは無理《むり》でも、声優《せいゆう》・東山アイになれたら、かなう。

影武者声優《かげむしゃせいゆう》でなく、あたし自身が声優《せいゆう》になろう――そう心に決めた瞬間《しゅんかん》、今にも走りだしたくなるような、優《やさ》しい衝動《しょうどう》が全身をかけめぐっていった。


「先輩《せんぱい》っ、あたし、決めました！　影武者活動《かげむしゃかつどう》が終わったら、声優《せいゆう》目指しますっ！」

その日の収録《しゅうろく》が終わるなり、あたしは早速《さっそく》、自分の思いを先輩《せんぱい》に報告《ほうこく》する。

「東山くんが決めたのなら、メゲずにガンバりたまえ。将来《しょうらい》、プロになったキミの声を聞いたら、マナツちゃんもよろこぶよ。ボクはそのころ、声優《せいゆう》でないかもしれないけど。」

先輩《せんぱい》はさびしげに肩《かた》をすくめるけど、あたしは首を横にふる。

「そんなことないです。先輩《せんぱい》も『ふたプリ』の原作マンガ、読んでいますよね？」

「もちろん、オーディションを受ける前にちゃんと読んださ。」

「なら知ってますよね。アルタルフとラサラスはこの先、自分の意志《いし》を貫《つらぬ》いて、お父さんのレグルスに逆《さか》らい、ヒロインたちとブラックレオ軍団《ぐんだん》に立ち向かっていくんですよ！先輩《せんぱい》もあきらめずに、自分の気持ちを貫《つらぬ》いてください！」

目を大きく開いて、先輩《せんぱい》はあたしをじっと見つめ——やがて、ふふっと笑《わら》う。

「そうだったね、ボクと大西ユウとふたりの王子はいろいろ共通点《きょうつうてん》がありそうだ……はげましてくれて、ありがとう。キミも声優《せいゆう》になったら、自分の声が今よりもっと好《す》きになれるさ。」

歌うような声でお礼を言い、先輩《せんぱい》は先にコントロールルームにもどっていく。

台本をカバンにしまい、あたしが先輩《せんぱい》のあとを追いかけると。

「東山くんっ、これを見たまえ！」

先輩《せんぱい》が声をはずませ、スマホ画面をあたしに見せてくる。

【『もてなし戦隊《せんたい》デムカエンジャー』上映《じょうえい》イベント　チケット当選《とうせん》のおしらせ】

「うっ……マジですか、当たっちゃったんですか。」

思わずこぼれた、とまどいの声。

イベントの詳細《しょうさい》はまだなのに、SNSでは「ゼッタイ申《もう》し込《こ》む！」と『もてなし戦隊《せんたい》』ファンの人たちが大さわぎで、これはゼッタイ当たらないと安心していたのに……。

「レントにも当選《とうせん》の連絡《れんらく》をしなければ！」

「先輩《せんぱい》、風見くんと連絡先《れんらくさき》、交換《こうかん》したんですね。」

「ソウルメイトだから、この前ね。そうだ、東山くんも連絡先《れんらくさき》を教えてくれたまえ。」

突然《とつぜん》の申し出。人気者でプロ声優《せいゆう》の先輩《せんぱい》と連絡先《れんらくさき》を交換《こうかん》していいのかな？

念《ねん》のため、そばにいる天条さんに確認《かくにん》しようとしたとき、ぐいぃ――――っ。

ユウさんが物言いたげな顔で、あたしの制服《せいふく》のすそを強く引っぱった。

つりあがった目を見て、あたしはハッと息をのむ。

『余計《よけい》なことはしないでね。』

桃太郎のおしばいの日、ユウさんからとどいたメッセージ。

ユウさんのライバルである先輩《せんぱい》と『もてなし戦隊《せんたい》』のイベントに出かける。

それって、ユウさんが忠告《ちゅうこく》していた『余計《よけい》なこと』だったんじゃ……？

「ごめんなさい……ユウさん、本当にごめんなさい！」

「なぜ謝《あやま》っているんだい？　大西ユウもボクらとイベントに行きたいのかい？」

しかめっ面《つら》のまま、ユウさんはそっぽを向く。

全身からにじみ出る、「もう話しかけるな。」オーラ。

チケットは当たっちゃうし、ユウさんを怒《おこ》らせちゃうし、風見くんと先輩《せんぱい》とイベントに行く話、断《ことわ》るべきだった——後悔《こうかい》してもあとの祭り。

スタジオを出て、帰り道をとぼとぼ歩いていると。

『一時間後、アイのお母さんのお店にアイひとりで来て。』

と、ユウさんからメッセージがとどいた。


心臓《しんぞう》をバクバクさせながら、ママが働《はたら》くカラオケ店に向かう。

カラオケルームの一室。先についていたユウさんと向かいあう形ですわり、あたしは『もてなし戦隊《せんたい》』のイベントに、三人で行く話になった理由を説明《せつめい》する。

「先輩《せんぱい》と風見くんがもりあがっていて、断《ことわ》れる空気じゃなくて……人気作だし、チケット取れないだろうと思ったんです。余計《よけい》なことして、本当にごめんなさい！」

そして、風見くんにも影武者声優《かげむしゃせいゆう》のヒミツがバレてしまったことも報告《ほうこく》する。

ユウさんはさらに表情《ひょうじょう》をけわしくさせ、メッセージで問いかけてくる。

『状況悪化《じょうきょうあっか》してるよね……その風見って子は、ゼッタイにヒミツを守ってくれるの？』

「もちろんです。すなおな子で先輩《せんぱい》にも気に入られて……あ、今日は写真があります！」

桃太郎《ももたろう》のおしばいのあと、三人で撮《と》った写真をユウさんに見せる。

ニカッと歯を見せて笑《わら》う風見くんを見て、ユウさんの顔がさっと青ざめた。

キミョーな反応《はんのう》……なに、どうしたの？

彼《かれ》は気まずそうにうつむき、ゆっくりとメッセージを打つ。

『この子がアイを好《す》きになったというサッカーの試合《しあい》は学校でなく、スタジオ近くのスポーツ公園でやってたりした？』

「はい、そうです。うちの学校の校庭がせまいから、ときどき公園のグラウンドを利用《りよう》して……ユウさん、どうして知ってるんですか？」

『試合中《しあいちゅう》、彼《かれ》に声援《せいえん》を送ったのは、僕《ぼく》だ……。』

「ええええっ、本当ですかっっ⁉」

衝撃《しょうげき》の事実にあたしはテーブルから身を乗り出す。

『アイからこの子の話を聞いたときから、引っかかっていたんだ。収録《しゅうろく》の合間に公園を散《さん》歩《ぽ》してたら、サッカーの試合《しあい》をやっていて……そのころ、サッカー好《ず》きの少年役をやっていたから、興味《きょうみ》を持ったんだ。背《せ》の高い選手《せんしゅ》たちを背《せ》の低《ひく》い子が必死《ひっし》に追いかけていて、応援《おうえん》したくなって、それで思わず、さけんだ。』

サッカーの試合《しあい》に参加《さんか》する、背《せ》の低《ひく》い子――風見くんだ。

（風見くんはユウさんの声援《せいえん》を、声がそっくりなあたしの声援《せいえん》だと思いこんだんだ。）

二か月半前の声援《せいえん》のナゾが、や〜っと解《と》けた！

ユウさんの声が治《なお》ったら、彼《かれ》の声を聞いてもらって、風見くんの誤解《ごかい》を解《と》こう。

そう心に決めたとき――バタンッ！

ドアが勢《いきお》いよく開き、天条さんとKプロダクションの社長さんが中に入ってきた。

「ふたりいっしょでよかった……大変《たいへん》なことが起きてしまったの！」

「も、もしかして影武者《かげむしゃ》のヒミツがバレたんですか⁉」

「いいや、ちがうよ。でも、このままだとユウがしゃべれないとバレてしまう。」

社長さんが深刻《しんこく》な表情《ひょうじょう》で、持っていたタブレットをテーブルの上に置《お》く。

【『もてなし戦隊《せんたい》デムカエンジャー』ひさしぶりのも・て・な・し・上映《じょうえい》イベント
トークショーゲスト：登坂監督《とさかかんとく》、小崎武《おざきたけし》、大西ユウ、もてなし戦隊《せんたい》ズ】

今さっき、発表されたというイベントの新情報《しんじょうほう》。あたしも目を疑《うたが》う。

「これって、北村先輩《せんぱい》がチケットをとった『もてなし戦隊《せんたい》』のイベントですよね？　今、ユウさんは声が出ないし……どうして人前に出るトークショーに？」

「ユウの声が出なくなったあと、人前に出るイベントはすべてキャンセルしたつもりだったけど、部下の子のミスでこれだけ連絡《れんらく》がもれていたのよ。ああもうっ！」

髪《かみ》をかきむしり、ヒステリックな声をあげる天条さん。

こわいけど、おそるおそる確認《かくにん》する。

「ユウさん、出られるんですか？」

「声が出ないのに出られるわけないでしょうッ!?　声が出ないとファンに知られたら、じゃあアフレコはどうなっているのかって……イモづる式にスキャンダル発覚《はっかく》よ！　それらしい理由をつけて、急いで断《ことわ》るしか……。」

ガタンッ！

テーブルに足をぶつけつつ、ユウさんが立ちあがり、天条さんの腕《うで》をつかむ。

彼《かれ》は必死《ひっし》の形相でスマホを操作《そうさ》し『出たい。』と、メッセージで自分の気持ちを伝《つた》える。

出《で》たい。

『僕《ぼく》にとって「もてなし戦隊《せんたい》」は、子役から声優《せいゆう》に転身したいと思った大事な作品。ネットでは僕《ぼく》が久々《ひさびさ》に人前に出るともう話題になってる。断《ことわ》ったら、またさわぎになる。』

ユウさんは『大西ユウ』と、自分の名前をエゴサーチしたＳＮＳの検索画面《けんさくがめん》を天条さんたちに突《つ》きつける。ＳＮＳは『もてなし戦隊《せんたい》』イベント出演《しゅつえん》の話でもちきりだ。

（本当だ……ついにユウさんが表舞台《おもてぶたい》に復帰《ふっき》するって、ファンのみんな、よろこんでる。）

それなのにやっぱり出ないと告知《こくち》されたら……怒《おこ》るファンも出てくるよね。

「たしかに当時は子役、今は声優《せいゆう》のユウが人前に出るとファンの子たちはよろこんでいるけどね。笑《わら》って手をふっておしまい……というわけにいかないんだよ。」

タブレットを操作《そうさ》する、こまり顔の社長さんの横で天条さんがうなずく。

「一度決まった出演《しゅつえん》が、体調不良《たいちょうふりょう》でキャンセルになるのはしかたないことよ。ユウ、あなたは今、しゃべれないの。その状態《じょうたい》で人前に出たら、これまでやってきたことが水の泡《あわ》になる。出演《しゅつえん》をまたキャンセルしたとさわがれても、今は耐《た》えるしかないのよ。」

『僕《ぼく》は僕《ぼく》の出演《しゅつえん》をよろこんでくれるファンを、これ以上《いじょう》悲しませたくない！』

ユウさんの目つきと天条さんの口調が、どんどんキツくなっていく。

ふたりのやりとりを見守りながら、考える。

もし、影武者活動《かげむしゃかつどう》をしていなくて、いちファンとして、イベントにユウさんが出るからとチケットを申しこんで、そのあとにユウさんが出ないと発表されたら、ガッカリする。

前にユウさんが出演予定《しゅつえんよてい》のイベントをすべてキャンセルしたときは、プチ炎上《えんじょう》した。

『もてなし戦隊《せんたい》』のイベントをキャンセルしたら「今回こそ！」と、ユウさんを信《しん》じている、事情《じじょう》を知らないファンの人たちがユウさんから離《はな》れていく——大炎上《だいえんじょう》だ。

「いい加減《かげん》にしなさい！　きれいごとをならべても、今のあなたを人前に出すわけにはいかないのよッ！」

天条さんが声をあららげ、ユウさんの手をふりはらう。

ふりはらわれた手をにぎりしめ、ユウさんはくやしげにうつむく。

大事な作品のイベントだもの。出たいよね。ファンを悲しませたくないよね。

影武者《かげむしゃ》のあたしにできること、なにかないかな。

トークショーは人前に出て、マイクを使ってしゃべるお仕事。

マイクを通して、しゃべる……そうだっ！

「だったら、あたしがユウさんの口の動きにあわせて、しゃべります！　話すことを先に決めておいたら、アフレコみたいな形でできませんかっ？」

みんながいっせいに、あたしを見る。

「生のトークショーよ、そんなこと、できるわけ……。」

「いや、進行台本は事前にもらえるのだから、話すことを決めておいたら、生アフレコも不可能《ふかのう》ではない……出演《しゅつえん》をキャンセルすれば、なぜ最近《さいきん》は人前に出ないのかと探《さぐ》られるキケンもあるし、生アフレコという新しい試《こころ》みに挑戦《ちょうせん》するのも、おもしろそうだね。」

「おもしろそうって、ハイリスクです。キケンな綱渡《つなわた》りにOKを出さないでください！」

あたしのひらめきに、社長さんが乗り気になる――よし、もうひと押《お》しっ！

「ゼッタイ成功《せいこう》するよう、練習します！　ユウさんのためにどうかお願《ねが》いしますっ！」

大人ふたりに頭をさげると、ユウさんもあたしの横に来て、深々とおじぎする。

「うん、最初《さいしょ》からあきらめるより、炎上覚悟《えんじょうかくご》でまずはやってみよう。」

「炎上覚悟《えんじょうかくご》って……バレて燃《も》えたときの全責任《ぜんせきにん》は社長が取ってくださいよっ！」

やった、説得成功《せっとくせいこう》っ！

となりに立つユウさんは「ありがとう。」と、口を動かし、うるむ目を細くする。

ユウさんのヒミツと人気を守るため、やるしかないっ。

ユウさんの瞳《ひとみ》を見つめ、あたしは力強く、うなずいた。

第三話
運命の生アフレコイベント！

「とてもなつかしいです。三年前の思い出がいっきによみがえりました。」

ユウさんの口の動きにあわせて、あたしがしゃべる。

『もてなし戦隊《せんたい》』のイベントに向け、あたしとユウさんは今日も生アフレコの特訓中《とっくんちゅう》。

「まだズレているわ。アイさん、ユウの口の動きをちゃんと見て。」

あたしたちを指導《しどう》してくれる、天条《てんじょう》さんが首を横にふる。

うっ、またあたしが原因《げんいん》。

「すみません……。」と謝《あやま》り、数日前に受けとった進行台本のはしをにぎりしめる。

進行台本とは「当日はこういう話をして、司会《しかい》の人がこんな質問《しつもん》をします。」などをはじめ、イベント全体の流れが書かれている台本のこと。

台本があるのは、アニメや舞台《ぶたい》や映画《えいが》など、おしばいだけじゃない。

イベントやテレビ番組にも、台本が存在《そんざい》するんだって。

業界の裏側《うらがわ》を見ちゃった気分だけど、進行台本のおかげで生アフレコができる。

気を取りなおして、もう一度。

「とてもなつかしいです。三年前の思い出が……。」

「ストップ、今はユウの口の動きが速いわね。」

今度はユウさんがくやしそうな顔をする番。

思いついたときは練習すればできる！　と考えたけど、生アフレコは想像《そうぞう》以上《いじょう》に大変《たいへん》で、なかなか息があわない。

本番は今週末《こんしゅうまつ》。もし、間にあわなかったら……と、みんながあせっている。

「よかった、みんなまだいたね。」

そのとき、エビス様似《さまに》の顔にえくぼを作り、K《ケー》プロダクションの社長さんが入ってきた。

なぜか手には、大きくてまるい壁《かべ》かけ時計《どけい》が。

「生アフレコには、声を入れる合図のボールドもタイムコードもなくて大変《たいへん》だけど、ないなら自分たちで作ればいい。さっき立ち会ったアフレコでふと、ひらめいたんだ。」

タイムコードとは、アフレコ用の映像《えいぞう》の上に出ている時間表示《じかんひょうじ》のこと。

「会場に確認《かくにん》したら、ステージから見える場所に大きめの壁《かべ》かけ時計《どけい》があるんだって。だから秒針《びょうしん》を使って、声と口の動きをあわせよう。」

秒針《びょうしん》がチクタク動く、まるい時計を指さす社長さん――よし、やってみよう！

あたしたちはユウさんが考えた質問《しつもん》のこたえをもう一度、確認《かくにん》する。

『とても／なつかしいです／三年前の／思い出が／いっきに／よみがえり／ました。』

『／』で区切ったところを、二秒でしゃべる。

ゆったりした口調になるけど、口の動きと声がズレるよりはいい！

時計の秒針《びょうしん》を見ながら、もう一度、生アフレコにチャレンジ！

「とても、なつかしいです。三年前の、思い出が、いっきに、よみがえり、ました。」

最後《さいご》ちょっとズレたけど、声と口の動きがあった！

手ごたえを感じ、あたしとユウさんは笑顔《えがお》になる。

「うん、この方法《ほうほう》でいこう。ふたりとも一、二の感覚《かんかく》をしっかりおぼえてね。」

満足《まんぞく》げに笑《わら》う社長さんの顔が、ますますエビス様そっくりになった。

今日の特訓《とっくん》が終わり、ユウさんたちと別《わか》れたあと。

あたしはKプロダクションのビルの出入り口で、足を止める。

『声で自分を表現《ひょうげん》したくてたまらないキミへ！　～Kプロ附属声優養成所《ふぞくせいゆうようせいじょ》』

壁《かべ》にはられたポスターの近くには、養成所《ようせいじょ》の案内《あんない》カタログが置《お》かれている。

（き、気になる。でも、ユウさんの影武者活動《かげむしゃかつどう》もまだ終わっていないし……。）

前を通るたび、持って帰ろうかまよい、まだ早いとのばした手を引っこめる。

だけど、今日は。

「声優《せいゆう》を目指したいなら、持っていきなさい。」

声におどろいて、ふり向けば、天条さんとユウさんが立っていた。

これから車でユウさんを家まで送るんだって。

「話はきのう、北村《きたむら》くんから聞いたわ。彼《かれ》とユウのようにオーディションで事務所《じむしょ》に入る特例《とくれい》もあるけど、養成所《ようせいじょ》は声優《せいゆう》になるために必要《ひつよう》なステップ。必《かなら》ず声優《せいゆう》になれると保証《ほしょう》はできないけど、アイさんは筋《すじ》がいいし、うちは学生でも通えるコースもあるから、検討《けんとう》してみたら？」

出会ったころ、あたしを素人《しろうと》と呼《よ》び、影武者活動《かげむしゃかつどう》に反対だった天条さん。

そんな天条さんの言葉だからこそ、重みがある。

ワクワクしながら、あたしは天条さんから養成所《ようせいじょ》のカタログを受けとる。

「ありがとうございます、じっくり読んで考えます！」

ふたりを見て、うなずくけれど、ユウさんはスマホを見て、思いつめた顔をしている。

ユウさん、元気なさそう。ここ数日、特訓続《とっくんつづ》きで疲《つか》れているみたい。

「天条さん、ユウさん、お疲《つか》れさまでした！」

スマホから目をあげたユウさんに笑《わら》いかけ、あたしは外に飛《と》び出《だ》した。


次の日のお昼休み。

出しわすれたプリントを職員室《しょくいんしつ》にとどけ、一年A組の教室に帰るとちゅう。

「あ、東山《ひがしやま》っ！」と、放送室から出てきた風見《かざみ》くんとバッタリはちあわせ。

好《す》きになる自信《じしん》ある――目をあわせたとたん、あの日の言葉が頭に響《ひび》く。

思《おも》い出《だ》し笑《わら》いならぬ、思《おも》い出《だ》し照《て》れ笑《わら》いをしつつ、あたしは風見くんに手をふる。

「風見くん、どうして放送室に？」

「昼休み使って、ミッキィ……北村先輩《せんぱい》と『もてなし戦隊《せんたい》』のブルーレイ観《み》てた。」

「お昼休みに放送室でブルーレイ……いっしょの相手が先輩《せんぱい》じゃなかったら、先生たちに怒《おこ》られるよ。」

ミツキ先輩《せんぱい》とソウルメイトになった風見くんは、あたしがイベントに行けなくなった事《じ》情《じょう》を先輩《せんぱい》から聞いている。

「特訓《とっくん》の成果《せいか》は？　イベント、今週末《こんしゅうまつ》だけど、うまくいきそう？」

「うん。きのう、生アフレコのコツをつかんだから、なんとかなりそう。」

「よかったじゃん。東山の声、楽しみにしてるからガンバれよ！」

「ありがとう。風見くんも今日の放課後《ほうかご》、他の学校と交流試合《こうりゅうじあい》だよね。ガンバってね！」

「もちろん！　この前は三点キメたし、今日もシュート、キメてみせるぜ！」

歯を見せて、ニカッ。自信《じしん》いっぱいの風見くん。

シュートで三点――ハットトリックをキメたのは、数日前の練習試合《れんしゅうじあい》でのこと。

クラスイチから学年イチへ、彼《かれ》の人気はますます上昇中《じょうしょうちゅう》。

「風見くんって本当にすごいよね。将来《しょうらい》はサッカー選手《せんしゅ》、まちがいなしだね。」

「そうなりたいけど、本当に夢《ゆめ》がかなうかは、まだわからないし……だからこそ、将来《しょうらい》の自分をイメージして、人生をかけて、ガンバるんだよな！」

なにかをイメージするのって、おしばいのときだけじゃないもんね。

あたしも声優《せいゆう》になった未来《みらい》の自分をすこしずつ、イメージしていきたい。

照《て》れくさそうな風見くんに、コクリとうなずいたとき。

「そういう東山は、声優《せいゆう》を目指すって決めたんだろ？　先輩《せんぱい》から聞いたよ。」

と、心の中を読まれたようなことを言われて、ドキッとする。

「声優《せいゆう》も超人気《ちょうにんき》の職業《しょくぎょう》で大変《たいへん》そうだけど、おたがいガンバろうな！」

「じゃっ！」と右手をあげ、風見くんは先に教室へもどっていく。

登下校のあいさつはするけれど、最近《さいきん》の彼《かれ》は前みたいに積極的《せっきょくてき》に話しかけてこない。

先輩《せんぱい》に『グイグイいく男はきらわれる。』と、クギを刺《さ》されたからかな。

それとも、病院の帰り道での宣言《せんげん》どおり、返事を待ってくれているのかな。

どちらであれ、あたしの学校生活はだいぶ平和になった。

ほっと息をつくと、うしろから教室にいるはずのハルルの声がした。

「アイ、風見くんとちゃんとおしゃべりするようになったんだね。」

ドキリヒヤリ——風見くんと話しているところをハルルに見られた！

（風見くんと話すようになったことで、ハルルまで離《はな》れていったら……！）

ハルルは親友だって信《しん》じてるけれど、身をこわばらせたまま、あたしはふり返る。

「この前、先輩《せんぱい》に放送室に呼《よ》び出《だ》されて、助けに来てくれたときから、すこしずつ。」

「そうだったんだ、アイも風見くんが好《す》きなの？」

「そこまではまだ……ただ、コソコソしないで話をしたほうがいいのかなと思って。」

今まであれだけさけていたのに、態度《たいど》変《か》えるなんてって、ハルル、怒《おこ》るかな？

怒《おこ》らないで——祈《いの》るようにハルルの顔色をうかがうと、彼女《かのじょ》はくすっと笑《わら》った。

「そうだよ。アイはもっと堂々《どうどう》としてていいんだよ。」

「えっ、でも、あたしと風見くんがいっしょにいると、みんなにらんでくるし……。」

「それはアイがおどおどコソコソして、風見くんをさけようとするから、風見くんファンの子たちがやきもちやいて、にらむんだよ。」

「そうともっ！」

わ〜〜っ！　放送室からなんか出てきた〜……って、北村先輩《せんぱい》か。びっくりした！

放送室のドアを開け、さっそうと登場した先輩《せんぱい》がパチリと片目《かため》を閉《と》じる。

「東山くんがイヤでなければ、友情《ゆうじょう》でも愛情《あいじょう》でも、気持ちはすなおに受け止めたほうが、キミも恋《こい》のストライカーのレントもウィンウィン！　ハッピーになれるさ！」

「北村先輩《せんぱい》の言うとおりだよ。最初《さいしょ》はファンの子ににらまれると思うけど、ふつうに話すようになったら……アイが変《か》われば、すこしずつでも、みんなも変《か》わっていくよ。」

ウインクする先輩《せんぱい》と、うんうんとうなずくハルル。

ふたりの言うとおりだ。あたしは今まで風見くんに話しかけられると、彼《かれ》よりまわりの反応《はんのう》が気になり、ビクビクしていた。

これからはクラスの子たちがいるときに話しかけられても、あわてずにいよう。

あたしもすこしずつ、風見くんが気になりはじめている。

気になる気持ちが「好《す》きのカケラ」で、たくさん積《つ》もったら「好《す》き」になるのかな。

でも約《やく》三か月前の試合《しあい》の声援《せいえん》はあたしの声でなく、ユウさんの声だった。

あたしと風見くんの「気になる」のきっかけは、あの声援《せいえん》だった。

今は「もう声援《せいえん》だけじゃない。」と言ってくれるけど、ユウさんの声が出るようになって、きっかけの誤解《ごかい》を解《と》いても、あたしたち、本当に変《か》わらないままでいられるかな。

変化《へんか》の予感がこわくなって、胸《むね》にそっと手をおいた。

学校が終わったら、急いでママのカラオケ店へ。

今日は天条さんが他の声優《せいゆう》さんの収録《しゅうろく》に立ち会うため、事務所《じむしょ》での特訓《とっくん》はお休み。

だけど、きのうつかんだコツを忘《わす》れないように、あたしとユウさんは自主練習。

「とてもなつかしいです。三年前の思い出がいっきによみがえりました……うん、ズレなくなってきた！」

スマホの時計機能《きのう》を使って、一、二……と、二秒しっかり数えながら、本番でしゃべるコメントを順番《じゅんばん》に練習する。

口の動きと声があうようになったら、次はしゃべるときの合図を決める。

本番ではユウさんはステージに出て、あたしは舞台《ぶたい》そでからマイクを使って話す。

ステージに立つユウさんが、舞台《ぶたい》そでをチラチラ見るのも不自然《ふしぜん》だから、口を動かす前に三、二、一……と指を折《お》り、合図を送ってもらうことにした。他にも。

『こんなにゆっくり話すと、他の人からいじられる可能性《かのうせい》がある。そういうときに返すコメントやアドリブで使えるセリフもいくつか考えておこう。』

メッセージでとどく、ユウさんからの提案《ていあん》にアイデアを出しあい、決めていく。

学校の授業《じゅぎょう》以上《いじょう》に集中して考えていたら、あっという間に時間が過《す》ぎていって――。

「あと十分でナイトタイムになるから、そろそろ帰りなさい。」

お仕事中のママから、終了《しゅうりょう》コールが来てしまった。

進行台本や筆記用具を片《かた》づけていると、ユウさんがあたしのそでを引っぱった。

『きのう、天条さんから養成所《ようせいじょ》の案内《あんない》をもらってたけど、アイも声優《せいゆう》を目指すの？』

「はい。この前の桃太郎《ももたろう》のおしばいのときに大人っぽい声だって、みんなにせなかを押《お》されて……あたしの声は低《ひく》くて、アイドル向きではないですけど、それでもみんなを楽しませることはできるから、影武者声優《かげむしゃせいゆう》の活動が終わったら、挑戦《ちょうせん》しようと……。」

『やめなよ、アイは声優《せいゆう》を目指さないほうがいい……向いてない。』

予想外のメッセージにドクン――心臓《しんぞう》が大きく跳《は》ねる。

ユウさんなら、応援《おうえん》してくれると思ったのに……！

「ど……どうしてですか？」

『キミの演技《えんぎ》は認《みと》めるけど、僕《ぼく》と声の個性《こせい》がかぶる。僕《ぼく》の声もいつ出るようになるか……このままずっと、キミが影武者《かげむしゃ》でいる可能性《かのうせい》だってある。』

「そんな……ユウさんの声は必《かなら》ずまた出るようになります。病は気からって言葉もあるじゃないですか！」

大好《だいす》きなユウさんの声がずっと聞けないままだなんて……そんなの悲しい！

ユウさんはスマホをにぎりしめたまま、うつむいている。

きのうの別《わか》れぎわよりも、深刻《しんこく》そうな思いつめた表情《ひょうじょう》。

「ユウさん、どうしたんですか……なにかあったんですか？」

たずねると、ユウさんは暗い表情《ひょうじょう》で指を動かし、文字を打つ。

『イベントの日、母さんが休みを利用《りよう》して一度、フランスから帰ってくるんだ。』

「ユウさんのお母さんも芸能人《げいのうじん》で、今はフランスにいるんですよね？」

『そう。でも数日前、大事な話だから、親にはこれ以上隠《いじょうかく》しておけないと、社長が母さんに声が出なくなっていると連絡《れんらく》して……そしたらきのう、フランスの仕事仲間《なかま》が名医を紹《しょう》介《かい》してくれるからフランスに行こうと連絡《れんらく》が来た。』

「そんな……！　じゃあ、声優《せいゆう》のお仕事は？」

『代わりがいるなら、もういいだろうって。声優《せいゆう》の代わりはいても、家族の代わりはいないとメールに書いてあったけど、僕《ぼく》にとって、声優《せいゆう》の仕事は勝手にフランスへ行った母さんよりも大事なもの。この声があるから僕《ぼく》がいる。ずっとそう思っていた。なのに。』

指を止め、ユウさんはするどいまなざしであたしを見る。

『里畑《さとはた》さんたちに認《みと》められたキミと、一年遅《おく》れてのスタートなのにもう活躍《かつやく》している北村ミツキを見ていると、僕《ぼく》の代わりはいくらでもいるんだと思い知った……。』

あたしのスマホにとどく、必死《ひっし》な訴《うった》えと葛藤《かっとう》。

影武者活動《かげむしゃかつどう》をはじめるとき『キミだけが頼《たよ》り』と、うれしい言葉をくれたユウさん。

(でも、本当はあたしがユウさんを苦しめている……？　ううん、ちがう。)

あのとき、あたしに向けたユウさんの視線《しせん》は真剣《しんけん》で、本気だったから。

ユウさんって、クールな自信家《じしんか》のイメージが強いけれど……今、彼《かれ》は声の問題をお母さんに知られ、自信《じしん》を失《うしな》っている。

ユウさん、しっかりして――たまらなくなり、あたしは勢《いきお》いよく立ちあがる。

「そんな悲しいこと、言わないでください！　ユウさんの声を聞いたからこそ勇気《ゆうき》や元気をもらった人、『ミラ★カラ』をはじめ、ユウさんが出るから作品やキャラを知って好《す》きになった人は、あたし以外《いがい》にもたくさんいます。ユウさんがいなくなるなんて、考えるだけでさみしいです！　声が出るようになったら、日本で声優《せいゆう》をつづけていいんですよね？　なら、いっしょに考えましょう。声が出なくなった理由に心あたりはないですか？」

『病院の検査《けんさ》でも異常《いじょう》なしだった。のどのケアもしているのに、治《なお》る気配がないんだ。』

のどもとに手をあて、ユウさんは首を横にふる。

検査《けんさ》は異常《いじょう》なし――体の問題ではなく、心の問題なのかな。

「声が出なくなる前にイヤなことがあったとか、なにか深い悩《なや》みがあるとか……。」

のどもとをさするユウさんの手が止まり「あっ。」と、なにかに気づいた顔をする。

『声が出なくなる前日、母さんと電話で口ゲンカをした……子役時代も今も大した結果《けっか》を出せてないのだから、海外で新しい目標《もくひょう》を見つけろって。でもこれは母さんがひとりで勝手にフランスへ行ってからつづく、いつものやりとりだ。』

いつものやりとりなら、声が出なくなった原因《げんいん》とは関係《かんけい》ないのかな？

ユウさんを置《お》いて、ひとりで勝手にフランスへ行ったという、ユウさんのお母さん。大した結果《けっか》を出せてない――お母さんの言葉もヒドいけど、ユウさんのお母さんに対する言いかたも引っかかる。

「ケンカしたなら、お母さんとちゃんと話をしたら……。」

『しない。したって話は平行線だし、母さんを説得《せっとく》できるほどの力を僕《ぼく》は持っていない。』

どうしたら、ユウさんの力になれるかな――両手をにぎりしめて、考える。

ユウさんのお母さんは、子役時代も今も大した結果《けっか》を出せていないと思ってる。

子役時代のユウさんの人気はイマイチだったかもしれない。あたしも知らなかったし。

だけど声優《せいゆう》の今は超人気者《ちょうにんきもの》でファンの子たちもイベントに出ることをよろこんでいて

――そうだよ、イベント！

あたしは「ユウさんっ！」と、勢《いきお》いよく顔をあげる。

「あるじゃないですか！　お母さんを説得《せっとく》できる大チャンス！」

えっ？　というようにユウさんが目をまるくする。

「今度のイベントです！　イベントの日に帰ってくるなら、会場でファンの子がどれだけユウさんを求《もと》めているか、人気のスゴさを実際《じっさい》に見てもらいましょう！」

『……ステージに立つのは僕《ぼく》でも、声を出して話すのはアイ、キミだ。』

「そうですけど……。」

イベントの日が、最初《さいしょ》で最後《さいご》のチャンスのはずなのに……。

もどかしさに立ちつくしていると、ガチャリ――部屋のドアが突然《とつぜん》、開いた。

「ふたりとも退室《たいしつ》の時間よ！　次のお客さんが待っているから、ほら早く出て！」

パンパンと手をたたくママのうしろから、天条さんもすがたを見せた。

元気がないユウさんが心配になって、迎《むか》えに来たんだって。

お店の前でユウさんを乗せた天条さんの車を見送ってから、あたしはママにたずねる。

「ママ、ユウさんとお母さんの話、聞いた？」

「ええ、さっき、ゆりえってぃから……声が出ないままだと、かなりキビシそうね。」

うちも親子ゲンカをして、たがいの本音をぶつけあうときがあるけど、ユウさんやミツキ先輩《せんぱい》の家はまたちがうみたい。

「ユウさんも先輩《せんぱい》もオーディションに合格《ごうかく》して、声優《せいゆう》として活躍《かつやく》しているのに、どうして家族は応援《おうえん》してあげないのかな？　ママもあたしが声優《せいゆう》を目指すのは反対？」

「うちはよっぽどキケンな仕事でない限《かぎ》りは止めないわよ。なんでも経験《けいけん》、アイやお兄ちゃんがやりたいと思ったなら、やってみなさいと送り出すわ。ただ私《わたし》とパパがそう考えるように、親それぞれの期待の形があるのよ。」

「うちはうち、よそはよそよ？」と言って、ママは肩《かた》をすくめる。

ユウさんのお母さんと先輩《せんぱい》のお父さんが、我《わ》が子《こ》にかける、それぞれの期待。

その一端《いったん》をぐうぜんだけど、あたしは見てきた。

でも、あたしたちにはあたしたちなりの思いや夢《ゆめ》がある。

推《お》しがフランスに行くのを黙《だま》って見送るなんてイヤ――あきらめない！

「ママはユウさんのお母さんと学生時代、知りあいだったんだよね？」

里畑さんに初《はじ》めて会った日、里畑さんはこう言っていた。

自分と天条さんとママ、そしてユウさんのお母さんは同じサークルだったって。

「ええ、学年はちがったけれど、演劇《えんげき》サークルに入っていて……友人ね。」

「だったらお願《ねが》い！　本番の日、ユウさんのお母さんをイベント会場に連《つ》れてきて！」

ゼッタイにユウさんの人気のすごさを、ユウさんのお母さんにわかってもらうの！


そして、ついにイベント当日——ユウさんの運命が決まる決戦《けっせん》の日！

天条さんが運転する車に乗り、あたしたちは社長さんと会場の映画館《えいがかん》に向かう。

駐車場《ちゅうしゃじょう》で車をおりると「東山っ！」と、風見くんの声がした。

「東山、ガンバれよ！　なにかあったら、オレがすぐ助けに行くから！」

風見くんは今日も明るく元気で、たのもしいけれど……。

彼《かれ》はとなりにいるミツキ先輩《せんぱい》といっしょに、タオルやペンライトなど、先に会場で買った限定《げんてい》グッズをおそろいで身につけ、イベントを楽しむ気満々《まんまん》。

先輩《せんぱい》はすみれ色の和服でウラオモテ怪人《かいじん》のボス・ウラヅのコスプレをして、本格的《ほんかくてき》。

もう、こっちはいろいろ大変《たいへん》なのに——あたしは「ありがとう。」と言いつつ、苦笑《にがわら》い。

「ボクらの席《せき》は最前列《さいぜんれつ》だからね。大船に乗った気持ちで、本番に挑《いど》みたまえ！」

「うんうん、ミツキくん、今日は心ゆくまで思いっきり楽しんでね。」

社長さんは先輩《せんぱい》の肩《かた》を軽くたたき、視線《しせん》をかわしてから、スタッフ通用口に向かう。

ユウさんと他のスタッフさんの接触《せっしょく》をさけるため、時間ギリギリの会場入り。

「おはようございます、遅《おく》れて申しわけありません。」

すれちがう人たちにそうあいさつして、ユウさんのために用意された控《ひか》え室《しつ》へ。

天条さんがユウさんの髪《かみ》を整えていると、控《ひか》え室《しつ》のドアをたたく音がした。

社長さんの目配せで、あたしは姿見《すがたみ》の裏《うら》に隠《かく》れ、そこからそっと様子をうかがう。

天条さんが「どうぞ。」と言うと、メガネをかけた四角い顔のおじさん、『もてなし戦《せん》隊《たい》』の登坂監督《とさかかんとく》が中に入ってきた。

「やあやあやあ、ユウくん、ひさしぶり！　こんなに大きくなって……。」

ユウさんがイスから立ちあがり、三、二、一――あたしに合図を送る。

「監督《かんとく》、今日はどうぞよろしくお願《ねが》いします。」

あたしの声のあとに、おじぎをするユウさん。監督《かんとく》が「ん？」と首をかしげる。

（もしかして声、ズレてた……!?）

姿見《すがたみ》のかげで冷《ひ》や汗《あせ》をかいていると「あははは！」と、監督《かんとく》が大声で笑《わら》いだした。

「話しかたも大人になったね。こちらこそ、今日はよろしくね！」

上機嫌《じょうきげん》のまま、監督《かんとく》は控《ひか》え室《しつ》を出ていく。

ドアが閉《し》まるなり、ふぅぅ〜……。みんないっせいに息をつく。

「ああもう、心臓《しんぞう》に悪すぎるわ。本当にだれにもバレずに済《す》むのかしら？」

「あとは本番でマイクを通して話すだけ……だいじょうぶ、なんとかなるさ。」

社長さんが天条さんをはげましていると、ブルル――テーブルに置《お》かれていたスマホが震《ふる》えた。社長さんが通知を確認《かくにん》し、ユウさんを見る。

「ユウくんのお母さん、アイくんのお母さんの案内《あんない》で会場についたみたいだね。」

よしっ、ママにたのんだミッション完了《かんりょう》！　あたしは利《き》き手《て》をにぎりしめる。

いっぽう、ユウさんは深くうつむき、室内の空気が一気に重くなる。

「ユウさん、自信《じしん》を持ってください。今日は会場にユウさんを応援《おうえん》する人がたくさん来ています！　その人たちを見たら、お母さんもきっと考えなおしてくれるはずです。」

ユウさんをはげますけれど、ユウさんは顔をあげてくれない。

ママも一生けんめいな我《わ》が子《こ》を応援《おうえん》するよう、説得《せっとく》してみると協力《きょうりょく》してくれたけど、ママいわく、彼女《かのじょ》は意志《いし》がかたい――ガンコな人みたい。

きっとだいじょうぶ、と必死《ひっし》に抑《おさ》えこんでも不安《ふあん》がうずく。

そのとき、スマホが震《ふる》えた。

『うん、そうなったらいいね。』

ユウさんからとどくメッセージとジンベーちゃんの笑顔《えがお》のスタンプ。

スマホから目をあげると、彼《かれ》のくちびるが「ありがとう。」と、動いた。

そうなったらいいね、じゃなくて、あたしがそうしてみせる！

「さあ、そろそろ時間だ。まずはこのイベントを乗りきろう。」

社長さんにうながされ、あたしたちは舞台《ぶたい》そでに移動《いどう》する。

何人かの人があたしを見て、「その子はだれ？」という顔をした。すると。

「この子は今度うちに入る声優《せいゆう》の卵《たまご》で、今日は見学なんです。」

紹介《しょうかい》のしかたにおどろき、顔をあげると、天条さんが笑顔《えがお》で肩《かた》をすくめた。

声優《せいゆう》の卵《たまご》――うん、将来《しょうらい》そうなれるようにガンバろう。

少し高めの声で「初《はじ》めまして、東山です。」とあいさつした直後、会場が暗くなり、満《まん》席《せき》の客席《きゃくせき》からは拍手《はくしゅ》と歓声《かんせい》がわき起こる。

登坂監督《かんとく》と司会《しかい》のお兄さんがステージに出て、お客さんにあいさつをし、まずは『もてなし戦隊《せんたい》』の物語の中で、人気の高かったエピソードの上映《じょうえい》がはじまる。

そのあいだ、あたしとユウさんは生アフレコの最後《さいご》の確認《かくにん》をする。

(うん、だいじょうぶ、ズレてない!)

自信《じしん》を持っていこうとうなずきあったとき、客席《きゃくせき》がパッと明るくなった。

いよいよ、トークショーがはじまる!

司会《しかい》の人を先頭に、監督《かんとく》たちが順番《じゅんばん》にステージに出る。

そして、最後《さいご》にユウさんがステージに登場すると。

「ユ～～～ウ～～～～～～ッッ!!」

「ユウくん、こっち見て～～～～っ!!」

客席《きゃくせき》のあちこちからあがる黄色い声、拍手《はくしゅ》とペンライトの輝《かがや》きがいっそう強くなる。

お客さんの声量《せいりょう》は、ユウさんが出た瞬間《しゅんかん》が一番すごい——この反応《はんのう》が人気の証拠《しょうこ》。

(この声援《せいえん》、ユウさんとユウさんのお母さんに、とどけっ!)

天条さんから受けとったマイクをぎゅっとにぎりしめて、あたしは舞台《ぶたい》そでに置《お》かれた機材《きざい》のかげに身をひそめる。

トークショーがはじまったら、まずはお客さんへのごあいさつ。

ユウさんは自分の番が来ると、三、二、一と指を折《お》り、あたしに合図を送る。

彼《かれ》の口の動きと会場の大きな壁《かべ》かけ時計《どけい》の秒針《びょうしん》を見つめ、声をあてる。

「もてなし隊員《たいいん》のみなさん、おひさしぶりです。もてなし小僧役《こぞうやく》の大西《おおにし》ユウです。もう小《こ》僧《ぞう》ではありませんが、今日はよろしくお願《ねが》いします。」

緊張《きんちょう》で声がすこし震《ふる》えたけれど、声と口の動きはぴったり。

ユウさんのコメントにお客さんたちが笑《わら》い、司会《しかい》の人も笑顔《えがお》でたずねる。

「話しかたがゆっくりで、声も震《ふる》えていますね、緊張《きんちょう》しているんですか？」

マイクを持つユウさんの手の小指が立つ。これはアドリブその一の合図っ！

「はい。ひさしぶりに人前に出るので、緊張《きんちょう》しています。」

直後に客席《きゃくせき》から「ユウくん、かわいい〜！」と声がして、また拍手《はくしゅ》が起こる。

質問《しつもん》のコメントも、アドリブもばっちり！

トークショーは進行台本どおり、トラブルなどもなく、順調《じゅんちょう》に進んでいく。

残《のこ》るは最後《さいご》のあいさつだけ――心臓《しんぞう》バクバクの時間もあとちょっと。

「それでは、最後《さいご》に登壇者《とうだんしゃ》のみなさんから一言ずつ、あいさつを……。」

「ちょ〜っと、待った〜〜〜〜っ!!」

監督《かんとく》が司会《しかい》の人の声をさえぎり、舞台《ぶたい》そでに猛《もう》ダッシュ。

えっ、なんで？　なにをちょっと待つの？

「わしはサプライズの登坂！　このまま終わってなるものかぁぁぁあああいっっ！」

バチンッと大きな音をたて、会場が暗くなった直後、ドドーーンッ！

雷《かみなり》が落ちたような効果音《こうかおん》が響《ひび》き、不気味《ぶきみ》な音楽が流れはじめる。

えええええええ〜〜〜〜っ!?　こんな展開《てんかい》、進行台本に書いてなかったよ？

お客さんたちからは拍手《はくしゅ》と歓声《かんせい》。あたしたちは絶句《ぜっく》。

数秒後、スポットライトがステージを明るく照《て》らすと——すみれ色の和服に仮面《かめん》、悪者・ウラオモテ軍団《ぐんだん》の下っぱたちが、ユウさんを取《と》り囲《かこ》んでいた。

「やっと見つけたぞ、もてなし小僧《こぞう》め！　三年前の無念《むねん》、今ここで晴らす！」

高らかに宣言《せんげん》し、下っぱたちは「ウララ〜！」と、ファイティングポーズをとる。

えっ、なにこの展開《てんかい》……どういうことっっっ!?

あ然《ぜん》とするあたしの横で、天条さんが「なんなのよ、これ!?」と、あわてふためく。

「なんなのって、サプライズ演出《えんしゅつ》ですよ。ただのトークショーじゃつまらないし。」

「登坂さんがサプライズの名人というウワサはかねがね聞いてましたが、最低限《さいていげん》のマナーとして、事務所《じむしょ》の許可《きょか》は取ると思っていました。」

得意《とくい》げな監督《かんとく》の説明《せつめい》に、社長さんのエビス顔に青すじが立つ。

「もちろんヒミツです、サプラ〜イズですから。もてなし戦隊《せんたい》たちは、もてなし小僧《こぞう》のピンチにかけつけるのがお約束《やくそく》の流れ。キャストにも彼《かれ》にあわせて動くように指示《しじ》してあります。ユウくんは元子役、アドリブも余裕《よゆう》で、お客さんの好感度《こうかんど》もアップでしょ！」

監督《かんとく》はウインクをし、『もてなし戦隊《せんたい》』のすがたで待機中《たいきちゅう》のスーツアクターさんたちを目でさす。

（今のユウさんにアドリブで、もてなし戦隊《せんたい》を呼《よ》ぶのはムリだよ！）

このままだと、ユウさんの声が出ないってみんなにバレて、大炎上《だいえんじょう》だよ！

ユウさんが助けを求《もと》めるように、舞台《ぶたい》そでのあたしたちを見た。

「社長……ユウをこっちに呼《よ》びもどしましょう。」

「ちょっと、それだとサプライズが台なしだよ！」

監督《かんとく》が天条さんをにらみつけた、そのとき。

「ハ〜〜〜ッハッハッハ！　よくやった、愛《あい》すべきウラオモテ軍団《ぐんだん》の下っぱたち！」

客席《きゃくせき》から響《ひび》く、すがすがしい高笑《たかわら》い。

このハツラツとした声、もしかして……!?

すみれ色の和服すがたのミツキ先輩《せんぱい》が、さっそうとステージにあがってくる。

「ボクの名はウララ！　ウラオモテ怪人《かいじん》たちのボス・ウラヅの息子《むすこ》さ。もてなし小僧《こぞう》、お前に復讐《ふくしゅう》するときを、ボクはずっと待っていた！」

ユウさんをビシリと指さし、ステージ上で決めポーズを取る先輩《せんぱい》。

「彼《かれ》、ミツキ王子じゃない？」

「ミッくんもゲストなの？　このイベント、ヤバい、実質《じっしつ》タダだよっ！」

「そういえば『もてなし戦隊《せんたい》』の大ファンだって、前にSNSで読んだことある！」

客席《きゃくせき》のあちこちから聞こえる女性《じょせい》ファンの声。

今度は監督《かんとく》があわてる番。

「あの堂々《どうどう》とした乱入者《らんにゅうしゃ》は北村光城《みつき》……彼《かれ》はKプロ所属《しょぞく》の声優《せいゆう》ですよね？」

「もし監督《かんとく》がヘンな仕込《しこ》みをしていたら……と、イベントのチケットを買えたというミツキくんにもしものときのサポートをたのんでおいたんです。」

「な、なんだってぇええええええっ!?　これはわしのステージだ！　社長だろうと、許《きょ》

可《か》なくそんなことをされてはこまる！」

「サプライズのご相談を頂《いただ》けていたら、こんなことする必要《ひつよう》なかったんですけどね。」

肩《かた》をたたいて、アイコンタクト――映画館《えいがかん》の駐車場《ちゅうしゃじょう》でかわされた、先輩《せんぱい》と社長さんの意味ありげなやりとりはこのためだったんだね。納得《なっとく》！

いがみあう大人たちを見あげていると「東山っ！」と、近くで風見くんの声がした。

ステージそでから顔を出すと、走ってやってきた風見くんが「これ、東山の母さんからあずかった！」と、一枚《まい》のメモをさし出す。

メモの中身を確認《かくにん》しようとしたとき、お客さんたちがどよめきだす。

（ああっ！　ユウさんがステージにすわりこんでる！）

もうダメだとあきらめきった、まっ青な顔――おしばいではない、本気の反応《はんのう》。

そこにノリノリで悪役を演《えん》じる先輩《せんぱい》が、アドリブをはさむ。

「こんなステキな晴《は》れ舞台《ぶたい》で、父上のかたきを討《う》てるなんて最高《さいこう》だっ！　ああもう、歌いたい気分だよ！」

「よし、ミツキ……じゃない、ウララ、歌えっ！　父・ウラヅに捧《ささ》げるレクイエムだ!!」

舞台《ぶたい》そでのスタッフさんを押《お》しのけて、社長さんが機材《きざい》を操作《そうさ》しはじめる。

『もてなし戦隊《せんたい》』の主題歌が流れはじめると、先輩《せんぱい》はユウさんの横に落ちていたマイクを拾いあげ、ノリノリで歌いはじめる。

「デムカエお出迎《でむか》え、もてなしなしなし♪　ウラオモテでなく、おもてなしっ♪」

お客さんたちはとまどいながらも、手拍子《てびょうし》やペンライトをふって応援《おうえん》。

よし、今のうちに作戦会議《さくせんかいぎ》。あたしはママからのメモを急いで開く。

『アイはユウくんの影武者《かげむしゃ》。あとはあなたがなんとかして、彼《かれ》を守りなさい！』

なんとかって……ママの指示《しじ》、テキトーすぎ！

だけど、そうだ。あたしは影武者《かげむしゃ》。

絶体絶命《ぜったいぜつめい》のユウさんを助けて、ユウさんの願《ねが》いを守るんだ。

もてなし小僧役《こぞうやく》のユウさんが、もてなし戦隊《せんたい》たちに助けをもとめれば、スーツアクターさんたちが登場して、話が進む——その流れをどうにか作る！

頭をフル回転させ、いろいろ考えて……そうだ！　と、メモから顔をあげる。

「風見くん、アドリブのときのコツ、もう一度、教えてくれる？」

「どんな演技《えんぎ》をすれば、その場がもりあがり、みんなが楽しめるか。あと演《えん》じる場所や空気を考えるのも大切……って、おしばい教室の先生は話してた。」

そして、キャラをつかめたら、アドリブも自然《しぜん》とできるようになる。

風見くんと先輩《せんぱい》のアドバイスを頭の中でとなえ、あたしは大きく深呼吸《しんこきゅう》。

『もてなし戦隊《せんたい》』は全話見ているし、もてなし小僧《こぞう》の性格《せいかく》はあたしなりに理解《りかい》している。

会場には自信《じしん》を失《うしな》ったユウさん、彼《かれ》をフランスに連《つ》れていこうとするお母さん。

そして、ユウさんを応援《おうえん》するたくさんのファンの人たちがいる——ここが正念場《しょうねんば》！

横にいる天条さんに相談すると「あとは野となれ、山となれよ。」と、ゴーサインが出た。

（ねえ、おばあちゃん、演《えん》じるって楽しいね……。）

だからお願《ねが》い、力を貸《か》して——マイクを強くにぎりしめ、先輩《せんぱい》の歌が終わるのを待つ。

歌が終わった。

この低《ひく》い声にめいっぱいの思いをこめ、あたしはユウさんに語りかける。

「もてなし小僧《こぞう》っ、あきらめちゃダメだっ！　僕《ぼく》は三年前のキミで今、キミの心に直接《ちょくせつ》語りかけている。どんなピンチのときだって、僕《ぼく》ともてなし戦隊《せんたい》は、おもてなしの心を忘《わす》れずに戦《たたか》ってきたじゃないか！　そして、もてなし小僧《こぞう》の経験《けいけん》を経《へ》て、声でたくさんの人をもてなす声優《せいゆう》に成長《せいちょう》した……僕《ぼく》は知ってる、キミのそばでずっと見てきた。さあ勇気《ゆうき》を出して、もてなし戦隊《せんたい》のみんなを呼《よ》ぼう！」

すわりこんだままのユウさんが、舞台《ぶたい》そでのあたしたちを見て、力なく首を横にふる。

ムリだ——自信《じしん》を失《うしな》った顔がそう訴《うった》えている。

（ユウさん、お願《ねが》いっ。あきらめないで！）

彼《かれ》の目をじっと見つめながら、あたしは言葉をつづける。

「だいじょうぶ、僕《ぼく》も力を貸《か》すから……そして今日、集まってくれたみんなも、もう小僧《こぞう》じゃないけど、成長《せいちょう》したもてなし小僧《こぞう》に力を貸《か》してくれるよね？　もてなし小僧《こぞう》のいつものコールが聞きたい人、大西ユウが大好《だいす》きな人は手をあげて——っ！」

（ファンのみなさん、お願《ねが》いっ！　ユウさんがまた自信《じしん》を持てるよう、力を貸《か》して！）

願《ねが》いをこめて、会場にいるお客さんたちに声を投げかけた直後。

わぁあああああああああああああああああああああっ!!

お客さんたちの拍手《はくしゅ》と声が大きな波となって、ステージに押《お》し寄《よ》せる。

「ビビってんじゃないぞ～、もてなし小僧《こぞう》っ！」

「ユウくんは一生の推《お》しっ、死ぬまで応援《おうえん》するから、いつものコールを聞かせて～っ！」

あちこちから聞こえる、もてなし小僧《こぞう》とユウさんへのエール。ゆれるペンライト。

ユウさんがゆっくりと立ちあがり、あたたかな声援《せいえん》が響《ひび》く客席《きゃくせき》を見わたす。

「泣《な》くなよ、もてなし小僧《こぞう》！」『もてなし戦隊《せんたい》』はもてなし小僧《こぞう》のコールが優勝《ゆうしょう》っ！」

「ユウくん、泣《な》かないで〜！」「でも、泣《な》いてる顔もステキ！　こっち見て〜っ!!」

ユウさんは何度か肩《かた》を震《ふる》わせ、やがて服のそでで涙《なみだ》をぬぐう。

会場の光景《こうけい》にあたしの心も震《ふる》え、もらい泣《な》きしそうになる。

「この声援《せいえん》は今日までずっとガンバってきた、キミだけのもの。キミを応援《おうえん》する人はこんなにたくさんいるんだよ？　だから自信《じしん》を持って。彼《かれ》らを呼《よ》ぼう！」

チラリとあたしを見て、涙目《なみだめ》のまま、ユウさんがうなずく。

もてなし小僧《こぞう》がもてなし戦隊《せんたい》を呼《よ》ぶときの決めゼリフは、いつも決まっている。

客席《きゃくせき》に向き直ったユウさんが後ろ手で指を折《お》り、合図を送る——三、二、一っ。

「『もてなし戦隊《せんたい》、おもてなしの時間だよっっっ!!』」

ぞわり……っ！

あたしとユウさんの声が重なった瞬間《しゅんかん》、全身にとりはだが立った。

だって、だってだって、だって！

ユウさんの声が聞こえた——声が出たんだもの！

本人もおどろきの表情《ひょうじょう》で、のど元に手をあてている。

そこへ、ダダダッ！

出番を待っていた五人のスーツアクターさんたちがステージに躍《おど》り出《で》る。

「もてなし戦隊《せんたい》デムカエンジャー、ただいま参上《さんじょう》ッッッ！」

こうして、もてなし戦隊《せんたい》とウラオモテ怪人《かいじん》たちの戦《たたか》いの火ぶたが切られた。


なんとか終わった『もてなし戦隊《せんたい》』のイベント。

でも、そのあともすっごく大変《たいへん》だった。

登坂監督《かんとく》は勝手に乱入《らんにゅう》したミツキ先輩《せんぱい》にカンカンだし。

社長さんは事務所《じむしょ》の許可《きょか》なく、無理《むり》な演出《えんしゅつ》を仕込《しこ》んだ監督《かんとく》にプンプン。

あたしと先輩《せんぱい》は、大人たちの話しあいが終わるのを控《ひか》え室《しつ》で待つことに。

最初《さいしょ》にもどってきたのは、監督《かんとく》たちにあいさつを終えたユウさんだった。

「ありがとう、アイ。サプライズを乗《の》り越《こ》えられたのも、僕《ぼく》の声が出るようになったのもアイが今日、ここにいてくれたおかげだ……キミは僕《ぼく》の大恩人《だいおんじん》だ。」

「そんな……あのときは無我夢中《むがむちゅう》で。」

アイ。ユウさんがあたしの名前を呼《よ》ぶたび、胸《むね》がキュンとする。

彼《かれ》の声は、声が出なくなる前よりも、だいぶ低《ひく》くなっていた。

思春期に入ったら、起きるといわれている声がわり。

「ふつう、変声期《へんせいき》は声がかすれたり、出にくくなるものだけど、心と体は医学では解明《かいめい》できないほど、深く繋《つな》がっている……悩《なや》みやストレスの影響《えいきょう》もあったんだろうね。」

というのが、医学にくわしい医者の息子《むすこ》である先輩《せんぱい》の考え。

「ああ、そうかも。声が出なくなる前日も母さんからキツいことを言われて、僕《ぼく》の代わりはいるんだと弱気になった……だけどさっき、ファンの声援《せいえん》を聞いて、この声援《せいえん》に自分の声でこたえたい、僕《ぼく》は一生をかけて、声優《せいゆう》をやっていくと覚悟《かくご》を決めたんだ。」

「ユウさんが自信《じしん》を取りもどせて、本当によかったです！　ファンの人たちも最近《さいきん》、ユウさんが人前に出なかったのは声がわりのためだって、納得《なっとく》してくれましたし……。」

みんなまるく収《おさ》まった――ユウさんの微笑《ほほえ》みにあたしもニコリと笑《わら》う。

「ミツキもさっきは時間を稼《かせ》いでくれて、ありがとう。悪役を演《えん》じるとキミは水を得《え》た魚《うお》のように生き生きしている。『ふたプリ』の現場《げんば》もあるし、これからもよろしく。」

「礼にはおよばない。ボクの次の目標《もくひょう》は声優《せいゆう》アーティスト、大舞台《おおぶたい》で歌えて大満足《だいまんぞく》さ！

事務所《じむしょ》はボクらをセットで売り出したいようだし、こちらこそよろしく。ただし、ボクはキミにだけは負けたくないよ？」

不敵《ふてき》だけど、ステキな笑《え》みを浮《う》かべ、先輩《せんぱい》とユウさんは握手《あくしゅ》をかわす。

同い年のライバル声優《せいゆう》。ふたりの関係《かんけい》を考えたとたん、涙《なみだ》がこぼれ落ちそうになる。

ユウさんの声が治《なお》ったということは、あたしの影武者声優《かげむしゃせいゆう》の活動は今日でおしまい。

放課後《ほうかご》、急いで下校して、里畑さんたちが待つスタジオに行くことも、もうない。

もっとつづけたかった――達成感《たっせいかん》より、さびしさで胸《むね》がいっぱいになる。

涙《なみだ》をこらえていると、天条さんに連《つ》れられて、顔立ちがユウさんそっくりの女性《じょせい》が控《ひか》え室《しつ》に入ってきた。

「母さん……。」とつぶやき、ユウさんが身をかたくする。

その反応《はんのう》が心配になり、あたしが「ユウさん。」と、声をかけると。

「僕《ぼく》は声優《せいゆう》だ。自分の気持ちはこの声でちゃんと伝《つた》える……本当にありがとう、アイ。」

目を細めて、ユウさんがうなずく。

「さて、私《わたし》たちは外に出ましょう。」

天条さんにうながされ、あたしたちはユウさん親子を残《のこ》し、控《ひか》え室《しつ》を出る。

「母さん、僕《ぼく》、声が出るようになったよ。母さんには『いつか親子で共演《きょうえん》する』という母さんなりの夢《ゆめ》があるのは知っているけど、僕《ぼく》は自分で選《えら》び、チャンスをつかみとった、声《せい》優《ゆう》の道を極《きわ》めていきたいんだ。それに声優《せいゆう》だって俳優《はいゆう》だ。」

「そうね、同じ俳優《はいゆう》ね……今日、この目と耳でユウのすごさを感じたわ。」

最後《さいご》に控《ひか》え室《しつ》を出たあたしの耳に、ユウさん親子の会話が聞こえてきた。

お母さんも今日、会場でユウさんのファンの人たちの熱《あつ》い声援《せいえん》を聞いている。

ユウさんが気持ちをちゃんと伝《つた》えたら、ゼッタイわかってくれるよね。

ふたりの口調は明るいから、きっとだいじょうぶ――あたしはそっとドアを閉《し》めた。


ユウさん親子を待つという天条さんと社長さん、それから「昔の仲間《なかま》と思い出話に花を咲《さ》かせたいから。」と笑《わら》うママと別《わか》れ、あたしと先輩《せんぱい》はスタッフ通用口から外に出る。

外では、風見くんがあたしたちを待っていた。

「東山、おつかれ！」

「風見くん、待っててくれたの？　さっきはアドリブのアドバイス、ありがとう！」

「力になれてよかった。じゃあ、そのお礼にすこしだけ、東山の時間をちょうだい。」

顔を赤くして、風見くんは近くのショッピングセンターを指さす。

「前に東山、ショートケーキが好《す》きだって話してただろ？　あの中においしいショートケーキのお店があるから、今からふたりでいっしょに行かないか？」

先輩《せんぱい》が「おやおや、デートかい？」と、おどける。

突然《とつぜん》のおさそい、びっくりだけど、大好《だいす》きなショートケーキ……た、食べたい。

だけど、それより先に、あたしは風見くんに話さないといけないことがある。

「あのね、風見くん……気持ちはうれしいけど、風見くんがあたしに興味《きょうみ》を持つようになってくれた試合《しあい》の声援《せいえん》はね、あたしじゃなくて、声変《こえが》わり前のユウさんの声だったの。」

「えっ？」と、くりっとした目をさらに大きく見開く風見くん。

「ユウさん、サッカーにくわしくて、お仕事の休憩中《きゅうけいちゅう》に風見くんたちの試合《しあい》を見て、思わず、さけんじゃったんだって……だから、勝利《しょうり》の女神《めがみ》はあたしじゃなくて、ユウさんなの。今まで黙《だま》っていて、ごめんなさいっ！」

正直に言わなければ、あたしがずっと彼《かれ》の勝利《しょうり》の女神《めがみ》でいられる。

けれど、あたしたちの関係《かんけい》は三か月前の試合《しあい》の声援《せいえん》からはじまったから、ちゃんと伝《つた》えておきたい。深く頭をさげて、風見くんの返事を待つ。

「な～んだ、そうだったんだ。」

あっけらかんとした声に頭をあげると、風見くんが歯を見せて、ニカリと笑《わら》う。

「前も言ったけど、きっかけは試合《しあい》の声援《せいえん》でも、オレが東山と仲《なか》よくなりたい理由はもうそれだけじゃないから。だから、その……オレとデートしてください！」

右手をのばして、ペコッ。今度は風見くんが頭をさげる番。

デートという言葉に心臓《しんぞう》がさわぎだし、全身が熱《あつ》くなる。

彼《かれ》の右手をじっと見つめ、自分の気持ちをたしかめる。

あたしは風見くんのことが、気になりはじめている――仲《なか》よくなりたい。

まっすぐで優《やさ》しくて、実は虫が苦手で、身長が低《ひく》いのをすごく気にしていて、あたしと同じように『もてなし戦隊《せんたい》』好《ず》き。

おしゃべりしたら、きっと会話がはずむ、気があう。

おしばいや『もてなし戦隊《せんたい》』のこととか、これからいろいろな話をしてみたい。

だから、胸《むね》を優《やさ》しくくすぐるこの気持ちを受け入れよう。

そうすれば、風見くんだけでなく、クラスの風見くんを好《す》きな子たちとも、新しい関係《かんけい》が築《きず》ける気がする。

小さな決意をして、深呼吸《しんこきゅう》したとき、ミツキ先輩《せんぱい》がボソリとつぶやく。

「あっ、レントの指先にハエ……。」

「うわぁあああああっ！」

「はっはっは～、すまない。小さなゴミと見まちがえてしまった。まあ、デートは今度にして、みんなで打ち上げに行こうじゃないか！」

うしろをふり返る先輩《せんぱい》の視線《しせん》の先を見ると、晴ればれとした表情《ひょうじょう》のユウさん親子が外に出てくるところだった。そのうしろでママたちも笑《わら》っている。

その雰囲気《ふんいき》だけでわかる。話しあい、うまくいったんだ。

ユウさんのすごさ、認《みと》めてもらえたんだ！　あたしも自然《しぜん》と笑顔《えがお》になる。

「よし、みんなでレントオススメのお店にレッツ・ゴーだ！」

「げっ、みんなで……だとしても、一番乗りはオレと東山なんで！」

風見くんがあたしの手を取り、走りだす。

利《き》き手《て》に広がる感覚《かんかく》に、踏《ふ》みだした足も胸《むね》の鼓動《こどう》も速度をあげる。

「はっはっはー！　東山くん、プロ声優《せいゆう》であるボクらの前を走るなんて、十年早い！」

先輩《せんぱい》とユウさんがあたしたちを追いぬき、ほこらしげな顔でふり返る。

「デビュー済《ず》みのボクらはキミのずっと前を走っている。演技《えんぎ》のうでをみがき、チャンスをつかみ、早く追いついてきたまえ！」

「この前は声優《せいゆう》に向いていないとキツい言いかたをして、ごめん。あのときは自分に自信《じしん》が持てなくて、アイの演技力《えんぎりょく》を認《みと》めるのがこわくて……これからは応援《おうえん》するから、ガンバって。」

「はいっ。先輩《せんぱい》とユウさんとマイクの前に立てる日を目指して、ガンバりますっ！」

影武者声優《かげむしゃせいゆう》の活動は終わってしまったけれど。

影武者声優《かげむしゃせいゆう》を経験《けいけん》して、見つけた夢《ゆめ》への道はこれからはじまるんだ！

本当にかなうかどうかは、あたし次第《しだい》。

だから、人生をかけて、追いかけていく。

自分の声を、もっともっと好《す》きになりたいから、胸《むね》を張《は》って宣言《せんげん》する。

「あたし、ゼ〜ッタイ声優《せいゆう》になりますっ！」

夕空に輝《かがや》く一番星にもとどくよう、あたしは低《ひく》く、よく響《ひび》く声をはりあげた！

【参考文献】

『声優さんになりたいっ!』――監修:81プロデュース　著:仲川僚子(講談社刊)
『声優という生き方』――著:中尾隆聖(イースト・プレス刊)
『いつかすべてが君の力になる』(14歳の世渡り術)――著:梶裕貴(河出書房新社刊)
『プロフェッショナル13人が語る　わたしの声優道』――インタビュー:藤津亮太(河出書房新社刊)
『声優に死す　後悔しない声優の目指し方』――著:関智一(KADOKAWA刊)
『林原めぐみのぜんぶキャラから教わった　今を生き抜く力』――著:林原めぐみ(KADOKAWA刊)
『声優　声の職人』――著:森川智之(岩波書店刊)
『現場で求められる声優
～「ダイヤのA」「キングダム」「最遊記」の音響監督髙桑一が語る～』――著:髙桑一(くびら出版刊)

【取材協力】

木村寛の声優スクール

作　遠藤まり

8月30日生まれ。東京都出身。『超吉ガール　〜コンと東京十社めぐりの巻〜』で第3回角川つばさ文庫小説賞大賞を受賞し、デビュー。主な著書に「超吉ガール」シリーズ（KADOKAWA）など。2023年朝日小学生新聞で「コロカメ〜わたしたちの心はヒミツがいっぱい!?〜」を連載。

イラスト　ななミツ

イラストレーター。書籍のイラストを中心に活動中。明るく温かい雰囲気の絵が好き。挿絵を担当した作品に「ようこそ！たんぽぽ書店へ」シリーズ（ポプラキミノベル）、「となりの一条三兄弟！」シリーズ（野いちごジュニア文庫）、「異世界でカフェを開店しました。」シリーズ（アルファポリスきずな文庫）など。

あいレコ!

2024年2月20日　第1刷発行

著　者　遠藤《えんどう》まり

発行者　森田浩章

発行所　株式会社講談社
〒112-8001
東京都文京区音羽2-12-21
電話　編集　03-5395-3535
　　　販売　03-5395-3625
　　　業務　03-5395-3615

KODANSHA

印刷所　株式会社 精興社

製本所　株式会社 若林製本工場

本文データ制作　講談社デジタル製作

装　幀　長﨑 綾（next door design）

N.D.C.913　191p　20cm　ISBN978-4-06-534517-7

本書は、書き下ろしです。